青を抱く

一穂ミチ

角川文庫
23766

目次

青を抱く

光と水に洗われたら、この世のほとんどのものは美しく見える。コンビニのレジ袋、片方だけのスニーカー、どんくさいくらげ、なぜか年柄年中見かける花火の残りかす。それらは海藻に混じって浜辺にのっぺり寝そべり、濡れた砂粒を、いっそ誇らしげに見えるほどきらきら光らせながらまとっているのだった。放っておけばまた満ちた波にさらわれ、どこかへ流れ、あるいは間違えて魚の腹に入ってしまうかもしれない。

泉《いずみ》は半透明のポリ袋片手に波打ち際を歩きながら、足元の漂着物を拾っていく。ビーチコーミングなんてしゃれた目的ではなく、ただ捨てるために。あんまり大きすぎるもの、生き物の死骸、その他分別に困りそうなものは無視する、大きくルートを外れてまでピックアップしない……自分に都合のいいルールをあれこれ設定しているので苦にはならない。あっという間にじゃりじゃり汚れた手の中に、遠くから眺めていた時の輝きはかけらもない。ごみはただのごみだ。

でも、海辺に訪れたもの、が何だか特別に思える気持ちはわかる。自分に見つけられるために旅をしてきたような気がするから。丸い石だの、英語のラベルがかすかに残った空き瓶だの、ライターだの、昔は競って探した。映画や小説に出てくる手紙入りの小瓶なんてものはとうとう見つけられなかったけど。

陸地に向かって二キロ弱、丸くえぐれ込んだ海岸線を歩き、三十リットル容量の袋にごみを拾い集める生活をかれこれ一年半ほど毎日続けているのに、泉の印象では、浜は特にきれいにも汚くもなっていない。環境保全という大それた気持ちはなく、単なる散歩のついでに過ぎないから落胆はしないが、やってもやらなくても同じなのかな、と考えてしまう時がある。

でもすぐに、そんなのは今の自分が判断できるものじゃない、と思い直す。今している行動の思わぬ化学反応は十年後現れるかもしれない、泉にわからないかたちで現れるかもしれない。やってもやらなくても一緒に見えることなら、やるほうを選ぼう。ごみを拾い続けるのと同じくらいの頻度で泉はそう自分に言い聞かせている。もはやまじないみたいなものだ。

今年はなかなか暖かくならない。つめたくなった指を握ったり開いたりしているといつの間にか腕がだらりと下がり、ごみ袋を砂浜にずるずる引きずってしまっていた。振り返ると、浅く這った跡が数メートル残っている。明け方まで仕様書の指示をにらんでいたせいか、すこしぼんやりしている。海面を撫でる朝日はまだやわらかいが、昇りきってしまうとまぶしくて目がしょぼつきそうだ。

さっきは見落としていたらしい単三の乾電池を拾い上げて再び向き直った時、波打ち際に立つ男の存在に気づいた。進行方向の先にいるので、ずっと見えてはいたのだけれど、一度視線を外したことで初めてちゃんと認識した、そんな感じだった。

散歩ルートで遭遇する地元民とは大概顔見知りだが、その誰でもなさそうだ。観光客かもしれない。春先だから、遊泳禁止の看板に気づかず（あるいは無視して）波に分け入っていくおそれはないだろう。

あ、ちょっと似てる、と思った。パーカーのこんもりしたフードから首を突き出すように、すこし背中を丸めて海を眺めている立ち姿が。その時点では、海辺にいる若い男なら誰でも似てる気がしてきたのかも、と自分に苦笑していた。けれど近づくにつれ、その感覚を無視することができなくなっていった。

デニムの前ポケットに手を突っ込む時の肘の角度、ポケットからはみ出した親指の爪の形。足の開き幅、角度。些細な要素のひとつひとつが懐かしさの大波になって泉を頭から呑み込み、男の五歩手前で動けなくなった。

そんなわけがない、と頭では理解しているはずだったのに、男が水平線から目を逸らしてこっちを見た瞬間、泉は声に出さずにいられなかった。だってこの黒目がちな目、すこし鷲鼻ぎみの鼻、いつも両端がわずかにきゅっと上がった、大きい、というより長い印象の口。

「しずの」

万に一つの可能性もない、だから人違いだと自分に思い知らせるための空しい呼びかけだった。奇跡を夢見る時期なんてとうに過ぎたはずなのに、寝不足のせいかもしれない。

「……え？」

案の定男はきょとんとまばたいた。真正面からでもやっぱり似ている、とはいえ同一人物ではありえない。

「すみません」

泉は慌てて頭を下げた。

「知り合いに似ていたので」

「あーそうなんすかー」

戸惑った表情がぱっと笑顔に変わる。よかった、いい人そうで。軽く頭を下げ通り過ぎようとした時、背後で「えっ」と声が上がった。

「……はい？」

男に向き直る。

「いや、あの、行っちゃうんだと思って」

「は？」

「人違い装って声かけるって、ナンパの鉄板だから」

期待しちゃった、と悪びれずに笑う顔まで似ていて、ものすごく腹が立った。

「全然違います」

人当たりがいいと自他ともに認めるところの自分にしてはつっけんどんに否定すると歩みを速める。

「あ、待って待って」

むかついていても、あからさまに無視できるほど気が強くない。「まだ何か？」と声を低めて立ち止まるのが精いっぱいだった。

「これ」

ひしゃげた空き缶が差し出される。

「ごみ拾ってんだよね？　ついでにお願いしていい？」

「……ありがとうございます。いただきます」

袋の口を広げながら、何でお礼言っちゃってんだろうと後悔した。自分で捨ててくださいって言えばよかった。

砂にまみれた缶を放り込む時、男はすこしためらった。

「これ、分別とかは？」

「家でします」

「え、悪いね、何か」

「別に大した手間じゃないんで。暇つぶしです。触りたくないほど汚いごみなら放置してますし」

「そっかー」

缶を手放し、手についた砂を軽く払うと、泉を見てこらえきれなくなったように笑い出す。

「何か?」

「今、『ありがとうございます』って言ってから、『しまった』みたいな顔してたでしょ」

「えっ」

そんなにわかりやすかったのだろうか。図星すぎてとっさに否定もできずにいると男は「素直……」と目を糸にした。そして言葉が出ない泉に尋ねる。

「名前、何ていうんですか?」

「……それってナンパですか」

「うん、そう。鉄板でしょ」

どうして初対面の人間からこんなふうにからかわれなきゃいけないのか、泉はむっと仏頂面をつくって「俺、男ですけど」と言った。

「大丈夫、見ればわかるよ」

「……そうですか」

拒絶を示すようにごみ袋の口をきゅっと縛り、ゆるい傾斜の砂浜から駐車場に続く階段を上がって行った。いつもは浜を往復して車に戻るのだが、さっさとこの男から離れたかった。背中に視線を感じるのは気のせいだろうか。じり、と階段を踏みしめながら、鼓動がすこしだけ速いのを自覚する。声も似ていた。中身は——あの調子じゃ全然違う。

公衆トイレで手を洗ってから車のトランクにごみ袋を入れ、十五分ほど走れば通い慣れた総合病院に着く。六階の七号室。引き戸の、銀色のバーに手をかけて泉は毎日言い聞かせる。いつもどおりの声で、いつもどおりの声で。何も起こってないみたいな、いつもの、朝の声で。

ドアを引きながら言う。

「おはよう、靖野《しずの》」


夕食をすませてから母親に「ちょっと飲んでくる」と告げた。

「また『西海岸』？」

「うん。そんなに遅くならないと思うけど、何かあったら電話して」

「遅くなったっていいのよ」

母は苦笑した。

「むしろ、たまにはどこかに行ってきたら？」

「ああ、そういえば来週あたり、一回会社に顔出さなきゃ」

「ついでに旅行してくればいいじゃない。どこかで早咲きの桜でも見てくるとか」

「そんな勝手できないよ。在宅勤務って、好きにしていいって意味じゃないんだから」

「でも……」

「もともと旅行とかめんどくさいタイプなの知ってるだろ。じゃ、行ってきます」

会話を振り切るように家を出て歩いた。三月の夜はまだしんと底冷えがして、住宅街まで間を置いては繰り返し伸びてくる波の音だけでも耳やつま先がつめたくなる。夜のほうが遠くまで音が届くのはどうしてだったっけ。忘れた。靖野から聞いたことかもしれないのに、と考えるだけで手足の筋肉がきゅっと縮んだ。それが本当かどうかわからない――わからないから、靖野についてすこしでもミスや取りこぼし（と思われるもの）を見出すと、泉は落ち着かなくなる。提出物を忘れましたと言い出せないまま授業に臨む子どものような気持ちだ。でも子どもなら先生が叱って、そして終わりにしてくれる。

ふう、と息を吐き出す。もう白くならない。きっとすぐに春が来て、夏が来る。同じような毎日の繰り返しで積み重なった年月を振り返ると、怖いほどあっという間だった。

母の気遣いはありがたい。でもやきもきしながらここを離れるのはここから動かないよりつらい。たまたま旅行なんかしている最中に「何か」あったらどうしてくれる、と思う。むしろ、旅行に行ったがために「悪い何か」が起こりそうな気さえしてくるのだった。水の中にたらされた墨汁みたいにもやもやした危惧は合理性がない上に精神衛生上よろしくないから、この先の店で何を最初に飲もうか、というごくささやかな楽しみに集中した。深みにはまればきりがないもの思いの方向を逸らすのはだいぶうまくなった、というかそうしないと保《も》たない。自分を落ち込ませるのも浮上させるのも、結局自分次第だ。

家から徒歩二十分、四階建てマンションの一階にある店の灯りがほんのりと洩れている。一枚板の扉に潜水艦みたいな丸窓が取り付けてあるせいだ。流木を拾ってこしらえたという無骨な取っ手を手前に引き「こんばんは」と声をかける。

「ああ、こんばんは」

気心の知れた間柄のマスターが気さくな笑顔を向け、同様に打ち解けているほかの常連客も軽く手を挙げて応える。なじみの店の、見慣れて安心する光景、のはずだった。

「あっ」

カウンターのいちばん奥に座っていた男がひょいと顔を覗かせ、声を上げるまでは。

「また会えた」

瞬間、顔が不自然にゆがむのを止められなかったと思う。

また会いましたね、でいいじゃないですか、と文句を言いそうになった。また会えた、なんて、その顔で言われたら息が止まりそうになる。

「あれ、泉くん知り合いだったの？」

男のひとつ手前に座っていた女友達が尋ねる。

「や……朝、海岸でちょっと。真帆《まほ》ちゃんこそ」

「きのうからうち泊まってんの」

真帆の実家は町内にいくつかのマンションを所有している。うち一棟はウィークリーやマンスリーの短期滞在タイプで、とりわけ夏場は学生や家族連れに人気だった。だから、商売として部屋を貸している、という意味に違いない。ある程度の日数、ここにいるつもりだろうか。海のほかにはめぼしい観光も娯楽もない街に、何が目的で？　サーファーなら季節問わず見かけるが、男の肌も髪も、紫外線や塩水に痛めつけられた色をしていなかった。

「おいしい店ないかって訊かれたから。ほらこのへん、オフシーズンは早く閉めちゃったりするじゃん？」

「うん」

泉の困惑、というか居心地の悪さを感じ取ったのだろう、後半はすこし言い訳がましい響きがあった。路地の奥まったところにある店は一見《いちげん》では入りづらいらしく、地元の人間か、ここの海を気に入って何年も通っているようなリピーターしか基本的には訪れない。ちょっとした隠れ家感を泉は気に入っていたが、もちろん縄張りなんかじゃないし、真帆が気に入った男を連れてくるのは自由だ。

「いいとこ教えてもらった」

ビールのピルスナーグラス片手に男は機嫌よさそうだった。

「『西海岸』て名前聞いた時はアメリカンなドライブインタイプを想像してたけど。赤いオープンカー飾ってるみたいな」

「宗清《むねきよ》くん安直すぎー」

名字なのか名前なのかわからないが、宗清というらしい。

「海岸の西だから西海岸って名付けもどうかと思うよ！　あ、でも料理は最高です」

マスターを拝む真似をしてから、真帆の反対隣の空席を指した。

「座んなよ。メニューいる？」

「いえ、結構です」

言われなくても座る。指定された場所をわざと外すのもおとなげないから腰を下ろし、柚子のマティーニとオリーブのピクルスを頼んだ。本当は何か別のものを飲むつもりだったように思うが、忘れてしまった。

「泉くんは基本家でごはん食べてくるから、ここではおつまみくらいなんだよ」と真帆が補足する。

「近所なんだ」

「ええ」

「泉って、上の名前？　下の名前？」

お互い、同じ疑問を抱いていたらしい。

「下です。名字は和佐《わさ》」

ここは俺も訊くべき？　訊くべきだよな。元から人づきあいが活発なほうじゃなかったが、東京から実家に戻り、毎日会社に通わなくなって以降ますます社会性や社交性に自信がなくなった。

「……そちらは？」

慎重に口を開くと、真ん中の真帆が吹き出した。

「だって何かお見合いみたいなんだもん。『ご趣味は？』みたいなさ」

宗清は「どっちだと思う？」と真帆のボブヘアを迂回するように泉を覗き込んで言った。

「あー……」

「あ、どっちでもいいよ別にって思ってるだろ」

ほろっとほどける眼差しの陽気さは、物理的に何らかの明るさを照射しているように泉の目頭をすこしつんとさせた。

「あんま興味ないけど礼儀として訊いとくか的な——って駄目だな、朝も腹の中探ること言って気まずくさせちゃったのに」

気まずくなったのはその後のやり取りのせいだろうに。

「下の名前。名字は叶《かのう》ね」

かのうむねきよ、と頭の中で音を転がしてみた。

「かっこいいですね」

「『泉』もきれいだよ。似合ってる」

ごくさらっと褒められたが、泉は自然に受け流せずちょっと固まってしまった。朝の会話のせいで深読みしすぎてるんだろうか。でも男にきれいとか言うか？　いや名前なんだけど。名前がきれいで似合ってるって、本体についてはどういう評価になるのか。

「おいおい、ちょっとちょっとー」

間にいる真帆が助け舟を出してくれた。

「なにしれっと口説いちゃってんのー」

「『真帆』もきれいだよ」

「うわ、付け足しくさー。え、ひょっとしてそっちの人？　私、席替わったほうがいい感じ？」

グラスに柚子の皮をあしらっていたマスターが「真帆ちゃん、そういう冗談は……」と小声でたしなめた。宗清はすこしも気を悪くしたふうはなく、「替わんなくていいけど」とビールを飲み干した。

「お代わりください——そっちの人かって訊かれりゃそうだよ」

「えっ」

思わず泉が声を出すと、マティーニを差し出すところだったマスターの手元が軽くぶれ、すりきりいっぱいに注がれていたカクテルがこぼれる。

「わ、ごめん泉くん、作り直す」

「いいえ、いいです、それで。俺のせいだから」

「ほんと？　ごめんねー」

「あ、すいません、俺のタイミングが悪かった」

「違う違う、ごめん、私がへんなこと言っちゃったから。宗清くんにもごめん」

「はは、何だこの謝罪トライアングル」

何ごとも、何でもなさげに話すのは性格なのだろうか。宗清からはかけらの屈託も感じられなかった。

「別に気にしないで、つっても無理かな。でも俺野獣みたいな性格してるわけじゃないんで。『こっちの人』だって、どんな女でもいいって四六時中目光らせたりしないでしょ。色恋挟まない男の友達もたくさんいるし」

「最近の人は、みんなオープンみたいだね」

ステムを拭いたマティーニとつまみを改めて泉の前に置くと、マスターは感心した口ぶりで言う。

「そう？」

「毎日のようにニュースになってるじゃない、海外ミュージシャンの誰と誰が同性婚したとか」

「みんながオープンじゃないからそういうのがいちいちニュースになるんですよ」

「あ、そうか」

「宗清くんは言えちゃうんだ」

新しいグラスを受け取った宗清は「いや別に」と苦笑した。

「いちいちアピールしては回んないけど、ひた隠すほどのことでもないと思ってるかなー。今みたいにするって言っちゃう時は、大丈夫そうって判断して。初対面とかは関係なく、そういう雰囲気ってない？」

「ふーん。宗清くんって普段は何してる人？」

「サラリーマン」

「会社の人は知ってんの？」

「知ってる人は知ってる。うち外資なせいか、そういうの逆方向にうるさいんだよ」

「逆方向って？」

「たとえば相手が男だからって『彼女いる？』って決めつけた質問をしてはいけない、とか。入社したての時コンプライアンスの研修で言われた。恋人とかパートナーとか言いなさいって」

「えー何かすごいね」

「厳守せよってわけじゃないけど、自分が普通だと思ってる言動で傷つく人もいるかもしれないって教えてもらえるのはいい機会かもね」

「なるほどー。今、お仕事休み？」

「うん。俺、去年おふくろ死んじゃって、母子家庭でほかに兄弟もいなかったから、こう、一年経ってから時間差でいろいろ来た感じがあって……ちょっと長めに休暇もらってのんびりしようかなって」

そんな話をする時にも悲愴さを漂わせなかった。かといって嘘っぽくもなく、ろうそくの芯みたいに宗清をまっすぐ貫いているものがきっと健やかなのだろうと思わせた。

「そっかー、ここでリフレッシュできるといいね。飲め飲め、一杯おごるよ」

「いやお酒はもういいや。宿泊代安くしてくれる？」

「そんな権限あるわけないじゃん。私、ほんとにいち従業員だよ？　節税のための何ちゃって役員ですらないんだよ？」

「えー……ところでさ、」

あくまでもフランクに宗清は切り出す。

「この店入った時、マスターとか、あとお客さんも何人か、ちょっとびっくりしたような顔してたよね、何で？」

饒舌《じょうぜつ》だった真帆が急に視線を泳がせた。マスターの顔も曇る。あ、ここは俺が言わなきゃと黙って飲んでいた泉は思った。ただでさえ気を遣わせているんだから。

「叶さん、うちの弟に似てるんです」

宗清みたいにはさりげなくは言えず、声が低くなった。

「弟？」

「四つ下の……ここでバイトさせてもらってたんで、マスターにもお世話になってました」

いやいや、というふうにマスターは軽くかぶりを振り、カウンターに背中を向けてコンロで調理を始める。

「……それが『しずの』？」

「はい」

「そっか、名字っぽい名前の兄弟なんだね」

どうでもいいところに着目するものだ。

「そんなに似てる？」

宗清に訊かれた真帆は、泉をちらりと気にしながらも「うん」と認めた。

「瓜ふたつって感じじゃないんだよ。身体つきも違うし――や、へんな意味じゃなくて、靖野くんて運動してたから肩幅ががっちりあって。でも何だろ、全体的な雰囲気っていうか、はっとさせられる」

「声も似てる」

こちらを見ないまま、フライパンにサラダ油を流し込みながらマスターも加わった。

「こうして耳だけ働かせてるとよくわかる。しゃべり方は別人だけど」

「うんうん、靖野くんも明るいんだけど、宗清くんとはちょっと違って『まじめ明るい』って感じ」

宗清は軽く身を屈め、真帆の横顔越しに泉を覗き込む。間に真帆がいてくれてよかったと思った。

「でも俺と泉さんじゃ、全然系統が違う」

「うち、兄弟似てないんで」

「ふーん」

泉は次の問いを予想する。で、その弟さんはどうしてんの、と。だから、先に切り出した。

「入院してるんです。ここ二年くらい」

その続きはさすがにためらった。でも宗清は短くない休暇の間、きっと何度もここに来る。狭い土地だ、いずれ事実は伝わるだろう。誰かがこっそりと「実はね……」と耳打ちする、あるいは誰かのうわさ話を耳にする、それよりは自分でちゃんと説明するほうがいい。それに、宗清があっさりと自らの事情をしゃべるものだから、こっちも何かカードを明かさなければ、という義務感めいたものがあった。泉の口を開かせるための計算だったとは思いたくないけれど。

「海で溺れてから、昏睡状態が続いてて」

「眠ってるってこと？」

「そうですね。たまにまぶたがけいれんしたり、指がぴくっと動いたり、まったくの無反応ってわけではないんですけど」

「そう」

宗清の視線がいったん逸れた。泉の言葉を反すうしているのだろうか、カウンターにぼんやり落ちる自分の影と向き合っていたかと思うと、また静かに泉を見て言った。

「それは、つらいことだね」

当たり障りない、と言っていい、ごく普通の表現で、この二年間、延べ百回以上は聞いただろうねぎらい。でも宗清のその一言はひたすらに真摯だった。大人の礼儀として口にした、単なる「適切」なコメントとは違う。皮膚の表面を滑るだけじゃなく、毛穴から血肉に染み込んでいく滋養めいた力を確かに感じた。

「はい」

だから泉も、驚くほど素直に肯定できた。というか事実びっくりしてしまったので、一杯だけ飲んですぐ会計してもらった。夜道を帰る身体を温めるに足る酒量ではなかったはずなのに、指の先だけじんわり熱かった。図々しいほどまともにかち合ってくる宗清の目と、閉じられた弟のまぶたが歩くリズムに合わせて交互に脳裏で点滅する。

家に帰ると、玄関に父親の靴があった。二階のリビングから話し声が聞こえてくるので「おかえり」と顔を出そうかと思ったが、扉の向こうからはちょっとややこしい会話の気配がした。母のほうが声が高いからよく聞こえる。

――もうその話はいいでしょう。

――こんな時にやめて。

話題（議題か）の内容は察しがついた。泉は三階の自室へ小走りに駆け上がり、また一階に下りてシャワーを浴びた。泉の部屋と廊下を挟んで向かい合わせにある靖野の部屋からは、ひえびえとした夜気の波がドアの下からひたひた流れ出てくる。もちろん家族はそこを開かずの間にしたりはしない。定期的に換気し、日光を入れ、シーツを交換する。この家の中でもっとも清潔に快適に保たれた空間といっていい。でも部屋の主の不在がそれらすべてを帳消しにしてしまう。寂しい。

生乾きの頭で机に向かっていると、控えめなノックの音がした。

「はい」

「泉、おかえり」

扉から父が顔だけ覗かせていた。

「父さんもおかえり。ごめん、さっき取り込み中っぽかったから声かけなかった」

「ああ」

泉は椅子を回転させて身体ごと振り返る。

「また養子縁組するしないって話?」

「うん……」

「母さん頑固だし、今のタイミングじゃ絶対うんって言わないと思うよ」

「それは承知の上だけど、定期的に主張しとかないと」

「父さんも大概頑固だよね」

と指摘するとばつ悪そうに首が傾く。

「母さんがあんまり強硬だからむきになってる部分はあると思う」

「でも、俺本人としてはぶっちゃけどっちでもいいんだけど」

「それもわかってる」

すこし拗《す》ねたような表情の父に「深く考えなくていいんじゃない」と笑いかけた。

「家族に変わりはないんだし」

「うん。泉も、遅くまで頑張りすぎるなよ」

「もう寝る」

おやすみを言い合ってドアが閉まると、泉は手を伸ばして机の真ん前のカーテンを開けた。ガラスは深海めいた——潜ったことはないけど——青い闇を透かし、街灯や近所の窓の灯りをにじませる。青ざめて映る自分の顔。「泉」という名前にふさわしいのかどうかなんて考えたこともなかった。ぼんやりした顔としばらくぼんやり向き合って、ナルシストっぽくてばかばかしいなと視線を外した。

窓にぼんやり浮かぶ、扉。かつては靖野が「泉、ちょっといい？」と入ってきた扉。修正テープ貸してとか、俺のTシャツそっちに紛れ込んでない？　とか、コンビニ行ってくるけど何かいる？　とか、取るに足らない用事をこしらえて。ここに映る幻でも、靖野が現れたらいいのに。

翌朝、海岸に宗清の姿はなく、すこしほっとした。第一印象ほど軽薄な人間じゃないのはわかったが、気が合うとはとても思えない。

病院に行き、昼のピークを過ぎてから食堂に向かった。すると一階の待合室に真帆がいて、泉を見るとたたっと寄ってくる。

「どっか具合悪いの？」

「んーん、ばあちゃんの血圧の薬もらいにきただけ。今からごはん？　コーヒーだけ一緒していい？」

「うん」

カフェテリア式の食堂で日替わりのランチプレートを取ると、陽当たりがいい窓際の席についた。

「ゆうべはびっくりしたよね」

泉の食事が一段落するのを待って、真帆が言った。

「……あの、叶さん？」

「そう、宗清くん。あけっぴろげだね。東京ってそんな感じなのかな？」

「そんなわけないだろ」と泉は苦笑した。電車で四時間足らずの土地だ。

「旅先だから口が軽いんじゃないかな」

「ああー……。別に私は気にしないけどさ、ちょっと残念だった程度で。泉くん的には平気？」

「平気って？」

「宗清くんに好かれちゃったらどうしようとか」

失礼だよ、と軽くたしなめる。

「ちゃんと相手は選ぶようなこと言ってたじゃん」

「えーでも泉くんに好意ある感じだったよ。きれいだとか」

「名前がね」

「いやいや、ほぼ外見とイコールじゃない？　正直、『げっ』て思う？　それとも悪い気しなかったり？」

好奇心満々の瞳で覗き込まれてため息とともに箸を置く。

「あのさ真帆ちゃん、自分が女の子から素で『きれいね』って言われたらどう思う？」

「え、全然嬉しいよ」

予想をあっさり裏切る、迷いのない返答だった。

「『女が好きな女』でも？」

「うん。女の子から褒めてもらうほうがむしろテンション上がる。心得てるっていうかさ、だって結局、男って女のことわかってないなって思う時多いし」

「そう――……かな」

「男の人だって思うでしょ、女にはわかんねえよなーとか。あ、泉くんもコーヒー飲みなよ。取ってきたげる」

自分で行くよ、と言おうとしたが真帆はさっさと立ち上がってしまった。

男に女はわからない、そりゃそうだろうなと思う。当たり前だ。でも、そう言い切れるだけの経験というか実感が真帆の中にあるわけで、気安い仲の幼なじみに秘密の匂いを感じてすこし動揺してしまった。大学の四年間と就職してからの二年間は年に数回地元に帰るだけだったから、泉の知らないあれこれがあってもまったくおかしくないはずなのに。

俺って幼稚だな、と外の緑を眺めて自嘲した。いかにも病院にふさわしく、整然と刈り込まれた庭の向こうはやっぱり海だ。靖野の病室まで上がれば水平線が望める。

「お待たせ」と真帆がコーヒーのトレイを手に戻ってくる。

「ありがとう。お金払う」

「いーよ別に。今度『西海岸』で何か飲ませて」

「逆に高くついたな。いいけど」

「やったー」

椅子に落ち着くと、真帆はちょっと改まった口調で「きのうさ」と言う。

「靖野くんの話、されたくなかった？」

「んー……関係ない人にまで敢えて言う必要を感じないってだけ。別にいやではなかったよ。よく知らない相手から過剰に興味持たれたり同情されんのが煩わしいっていう警戒心はある」

「そうそこ」

「えっ」

急に鋭く指摘され、泉は自分の手や服を見た。食べこぼしとか、虫でもついてるとか？　でも真帆の意図は全然違っていた。

「宗清くんが『つらいことだね』って言った時、泉くん『はい』って認めたじゃん。びっくりした。泉くん普段、正面から気遣われると絶対拒絶するから」

「拒絶って」

「あー、そこまで強いニュアンスではないかもしんないけど、大変ね的なこと言われても、いちばん大変なのは本人ですから、とか、母は大変かもしれませんとか……ここ半年くらいはそれもなくなって、はあ……みたいにぼんやり笑うだけ。だからあの時、あちゃーまた泉くんにとって嬉しくない言葉だなって思ったけど、素直に受け容れてたから、ほっとした」

女のことがわからないって、本当にそうだと思った。自分が特に鈍いのかもしれないが、意固地さを見抜かれていたのも、その上で心配されていたのも、気づかなかった。

「あの人の言い方、うまかったから。巧みって言ったら口先だけの人みたいだけど、こう、自然な……」

「わかる。こっちもちょっとほろっときそうになったもん。あと、よく知らない人だから却《かえ》って本音出しやすいっていうのもあるんじゃない？」

「ああ」

だからさ、と真帆は笑った。

「宗清くんと仲よくなればいいと思う。恋に落ちるかどうかは別にして」

「後半部分、どういうことだよ」

「懐の深そうなとこあるし。知ってた？　うちらと同い年だって。大人っぽいよね」

「へえ、ふたつみっつ上かと思ってた」

ブルーのネイルを施された指先が、空になったスティックシュガーの袋をねじる。

「宗清くん見て、靖野くんに似てるなーと思ったけど、しゃべって、部屋の使い方とかコンビニの場所とか教えてたら、やっぱ違うよね。でも違うからこそ、ああ靖野くんってああだったな、こうだったな、って、すごくいろいろよみがえってきて、懐かしくて……」

爪の先は濃い青、根元はうすい青。海とは逆のグラデーション。

「ちょっと胸が苦しくなったりもしたんだけど、悪い気持ちじゃなかったの。だから、マスターにも紹介したいなって思った。泉くんが会ったらつらいかもしれないっていうのは不安だったけど」

「……大丈夫」

本音なのか、真帆の気を軽くするための方便なのか自分でもわからなかったけれど、とにかく泉はそう答えた。

「そっかー、よかった。こんな話しみじみすんのって何か恥ずかしいね！　あ、そろそろ帰んなきゃ。あんまさぼってるとお父さんに怒られる」

地主の娘とはいえそう安楽な立場でもなく、事務や経理の仕事で真帆は結構多忙らしかった。

「じゃあまたね」

「あ……」

泉は躊躇したが、「もうちょっとだけいいかな」と真帆を引き止める。

母親と交代し、再び海岸に向かった。駐車場に車を置いて砂浜に下りると、波打ち際に宗清がいた。「知る」ってふしぎだ。一度「叶宗清」という存在を把握すると、もう靖野と間違えようがない。

「あ」

砂を踏む音が聞こえたのか、泉に背を向けて立っていた男は振り返り「こんにちは」と気持ちよく笑った。

「今朝もごみ拾ってた？」

「散歩してました」

散歩、という単語にすこし力を込めると「そっちが主目的ってことね」と納得してくれた。何かと察しのいい男だ。

「叶さんこそ、歩いてこられたんですか。真帆ちゃんとこからなら、三十分近くかかるでしょう」

「ほかにすることもないし、ここの眺め気に入ったから」

弟もこの浜が好きだった。真帆は、違うところに気づくと靖野を思い出すと言ったが、逆でも同じことかもしれない。

「真帆さん、いい子だね。明るくて親切だ」

「そうですね、結構お嬢さまなんですけど全然気取ったところがなくて」

「小学校からのつき合いだって聞いたけど、ふたりともここの出身？」

「彼女はそうですが、僕は三歳の時に越してきました」

「それまでは？」

「母方の実家がある川崎のほうに。でもほとんど記憶がないので、気持ち的にはここが故郷です」

「そっか。長年の友達がいるっていいな。いいとこも悪いとこも知ってるから、かっこつけずに何でも話せる」

「そうですね」

泉はゆっくり歩き出した。顔を見て話すのはすこし緊張する。

「きょう、病院で真帆ちゃんに会いました。ちょっと話して……久しぶりに『弟の顔見て行って』って言えて、嬉しかったです」

小学生の作文みたい、と言いながら思った。なになにできてうれしかったです。五歩ほど間が空くと、宗清が距離を縮めたのが砂を踏む音でわかる。でも泉が立ち止まるとそれ以上は近づいてこないのだった。

「久しぶりなの？」

「入院直後はしょっちゅう来てくれました。でも、何でしょうね、どちらからともなくっていうか……あの空気は。真帆ちゃんは、弟が反応しないし、力になれてないのにしょっちゅう通って負担になったら申し訳ないって思ったんだと思います。病室って否応なしにプライベートな場ですから、弟自身への遠慮もたぶんあります。もし本人がしゃべれたら、見られたくないって言うんじゃないかって」

病院に担ぎ込まれて数日はまだ楽天的だったというか、無邪気な期待がみんなにあった。光に反応してわずかに眉間を寄せたり、指先が弱々しく宙をかくたびにいい兆候だと喜んだ。新しい刺激が回復のきっかけになるかもしれないから、と親しい人間の来訪は大歓迎だった。でも靖野は変わらなかった。いつ目覚めてもおかしくない、というのは、ずっと目覚めなくてもおかしくない、というのとまったく同じなのだと、二年経って泉は実感し始めている。

「こっちはこっちで、気を遣わせて申し訳ないって、ちょっとぎこちなくなるんですよね。そういうのが続くと、弟の存在自体が腫れものっぽくなっちゃいました」

真帆もマスターも、靖野の話題をそっと避ける。病院の外では気分転換してほしい、という配慮に感謝しつつ、違うのに、と思っていた。でも伝えるのは難しい。そういえば靖野が……と切り出せる糸口がないから。弟は来る日も来る日もただ横たわり、息をしている。

「やさしい人同士ってかち合う時あるよね」

泉の後ろで黙っていた宗清が言った。

「かち合う?」

「ほら、お互いをよけようとして却ってぶつかりそうになって、あたふたしてんの。ちゃんと相手が見えてんのに」

「ああ、そんな感じかも」

泉はちょっと笑った。

「叶さんは、よく知らない人だからこそ、僕らの間に新しい風を入れてくれた感じがして。ちょっと気持ちが軽くなったというか……ありがとうございます」

ざ、と深く砂が抉《えぐ》れる音がした。と同時に手首をぐっと掴まれたので驚いて振り返る。

「そーゆーことは、ちゃんと顔見て言ってくんないと。社会人の常識」

その手を胸のところまで持ち上げて快活に歯を見せる。濃い色の、でも明るい瞳。吸い込まれそうな、とはよく言うけれど、宗清は逆だと思った。こっちに飛び込んでくる。無鉄砲に無遠慮に、落下してくるみたいにとどめようもなく。そしてまた泉は、思慮深く、何につけても半歩下がってから考えるところのあった弟の穏やかな眼差しをよみがえらせてしまう。

「そんな大層なことした覚えもないけど、せっかく感謝してくれるんなら」

「ありがとうございます」

心にもない台詞、じゃないいし、向き合えというのはもっともだ。だからさらっと言うつもりだったのに、仕切り直した礼は妙に平坦な口調になってしまった。「棒読みだなー！」とずけずけ突っ込む宗清はむしろ嬉しそうで、からかわれてるんだろうかと思う。

「すみません」

「いやいや」

さりげなく手をほどこうとする泉の動きを封じるようにぎゅっと力を込められ、その「生きている」強さに、不意に目がくらみそうになる。弟の手は蠟《ろう》を刷《は》いた枯れ枝みたいにやせ細り、握っても撫でてもさすっても意思ある反応を返さないのに。世間話で思い出を温める程度ならともかく、あんまり近づくと刺激が強すぎて毒かもしれない。

「ところで、俺も弟くんに会いに行ったら駄目かな？」

「……は？」

さっきとはまた違った硬さで自分の声が強張るのがわかった。

「似てる人って、会ってみたいじゃん」

泉は眉間にしわを寄せて不快を示すと、遠慮なく宗清の手を振りほどいた。

「弟は、見世物じゃありません」

「そんなつもりないよ、何で？　見に行くなんて言ってないだろ」

「同じことです。どうしてよく知りもしない相手を」

俺が神経質なのかな、違う、この人が無神経だ。ゆうべはあんなにやわらかなやさしさを見せてくれたのに、と思うとなおさら腹立たしかった。

「よく知らないよそ者だからこそ、いいふうに作用したようなことさっき言ってくれたんじゃなかったっけ」

「それとこれとは話が別じゃないですか――それとも、」

とうとう、はっきりと宗清をにらんだ。

「叶さんが来てくれたら、弟が目を覚ますんですか？ この二年が夢だったみたいにぱちっと」

「そういう可能性だってまったくのゼロってわけじゃない」

「……バカにしてる」

自らの足跡をたどるように来た道を引き返した。

「待って」

「待ちません」

「結構短気だねー、獅子座？」

「蠍《さそり》です」

「そっかー。律儀に教えてくれてありがとう」

宗清の声が遠ざかる。積極的に追いかけてくるつもりはなさそうだ。怒りっぽいと呆れてくれたのならむしろ好都合だった。もう話しかけられずにすむ。

ゼロじゃない？　ばかばかしい。そんな言葉、この世のあらゆる現象に応用できそうなものだ。先祖供養もうさんくさい神さまを祀った祭壇もパワースポットの湧き水も、ゼロじゃない。うちには病院から出られない身内がいます、などと看板を掲げているわけでもないのに、それらを扱う人間はいつの間にか鼻を利かせて近づいてきた。あなた方のどこがいけなかった、何の報いだなんて、赤の他人から言いがかりをつけられるみじめさ、腹立たしさといったらない。

今は両親も泉も能面の表情ではねつける術を覚えたが、心の隅っこで点滅する「でももしかしたら」という引っかかりがますますいら立ちを増幅させるのだった。靖野の傍にいるのが自分だけだったら、心が折れて怪しげな勧誘にすがりついていたかもしれない。弱さを自覚しているから、弟に関して過敏になるのは防衛本能みたいなものだった。

夜更けになって、真帆からＬＩＮＥがきた。

『宗清くんが泉くんに失言して怒らせたって言ってる』

何なんだ。仕事の手を止め素早く返信する。

『ほんとに失言だと思ってたら軽々しく人に言わない』

『いや、何があったのかは知らないけど』

『怒りっぽいから獅子座とか言われた。全然違うし』

『そうだよ、怒りっぽいといえば牡羊座だもん』

どうでもいい。

『俺、あの人苦手かもしれない。悪い人じゃないのはわかるけど波長が合わない感じする』

『うーんそっかー』

スタンプもない短い一言からは、なぜか真帆の苦笑がにじみ出ていた。

『面白がってる?』

『泉くんがぷんぷんしてるの珍しいなって。宗清くん嫌い?』

『そこまでは思わないけど』

『まあ、自分に好意ある人につめたくなりきれないよね』

好意って決めんなよ、と入力しようとして、そもそも宗清について長々やり取りするのが不毛だと気づいたので『おやすみ』とだけ返した。よその人——家と海と病院と飲み屋の四角形の内側にいない人——とまともにしゃべるのも、こんなふうに心を乱されるのも、久しぶりかもしれない。

曲がりなりにも社会で働いていたし、今も働いているのに、不意に自分が水槽の中だけを回遊している魚みたいに思えた。決められた生息エリア、決められた餌、決められた酸素供給。意識してしまえば息苦しい。でも、だからってここを離れるなんて考えられない。これからどうなるのかな、と先行きに目を凝らすのは「靖野がいつまでこのままなのか」と思い悩むのと同じだった。誰にもわからないし泉にはどうにもできない。

頭がどろんと重く感じられ、無意識に頬づえをついていた。夜も冷え込むせいか、宗清の体温を手首はまだ覚えている。


まばたきをしてもしても、視界が曇りガラスのようにはっきりしない。考えごとのせいでよく眠れなかった。不安要素を挙げればきりがないから、とにかく身体を動かして一日一日重ねていくよう努めているのに、一度ももやもやし始めると息の継ぎ方を見失ってうまく泳げない。手足の先に水糊が溜まったみたいにだるかった。それでもごみ袋片手に海岸へ行くと宗清の姿がある。いるかも、とは思っていたので回れ右などはしない。

「おはよう」

「おはようございます」

さっぱりとした顔で話しかけてくる。謝られても煩わしいが、なかったことにされるのもしゃくだ。

「あの」

「うん?」

「俺とどうしたこうしたとかいちいち真帆ちゃんに言うのやめてもらえます?」

「どうとかこうとか言えるところまで進展したっけ」

「そういう悪趣味な冗談もやめてください」

「泉さんの連絡先知らないからさ。教えて」

いけしゃあしゃあとはこのことか、と呆れた。

「必要ないと思います」

「それもそっか、ここに来たら会えるし」

むかつく。ああ言えばこう言うで、何だか全体的にバカにされている気がする。

「……目、ちょっと赤いね。もしかして、無神経なこと言ったせいで眠れなかった？」

そのくせ妙に目ざといし、気遣う声はしっとり深い。軽い口調で神経を逆撫でしてくる男と、思いやりの細やかな男。どっちが素なんだろう。

「違います。仕事してたら遅くなって」

屈み込んで適当なごみを拾いながら、泉は嘘をついた。パソコンに向かってはみたものの、仕事にはならなかった。現実を全部脇へ置いて没頭できる時もあるのに。

「どんな仕事してんの？」

「テクニカルライターってわかりますか？　平たく言えば電化製品とかの説明書やマニュアルを作ってます」

「そういうのって、フリーで？」

「いえ、単なるメーカー勤務です。製品課のマニュアル部門に配属されて、弟のことがあってから、在宅ワークに切り替えてもらってるだけで」

　当然、手取りはぐっと下がったが実家暮らしで生活費はかからないし、簡単な作業なら病院でもできる。恵まれた環境だと思う。

「そっか」

　宗清はやけににこにこしている。

「……何ですか？」

「きのうも思ったんだけど、怒ってんのに、こっちの質問にはちゃんと答えてくれるんだなーって思って」

「訊くからじゃないですか！」

　ラベルの溶けかかった修正液を袋に投げ込む。どうしてこんなものが？　と思うような物品にも慣れきった。陸と海が交わる場所には、何が流れ着いてもふしぎじゃない。くじらが打ち上げられても泉はそう驚かないだろう。

「……無視ってよくない気がして。ぶった切られて終わってしまうというか。答えたくない時はちゃんと言います」

「なるほど。……これも入れていい？」

「どうぞ」

　宗清は蛍光色のゴムボールを投入し、妙なことを言った。

「あんま夜更かししてると、妖精が来るよ」

現実からかけ離れた唐突な単語に、聞き間違いかと首を傾げた。

「はっ?」

「——って、昔、俺の母親が言ってたんだよね」

子どもを戒めるための脅し文句、という意味だろうか。

「妖精って……普通、鬼とかじゃないですか」

「だね」

宗清のイメージはメルヘンとかファンタジーから程遠かった。今はぶらぶらしている時期かもしれないが、ここを出て行けば苦もなく社会生活に適応し、きちんと仕事をこなして人間関係を築くさまがたやすく想像できるタイプの男だったし、それを過不足なく自負しているようにも見えた。冗談にせよ浮世離れした警告とのギャップに泉は笑いかけたが、寸前で表情を引き締めた。確か、亡くなったって言ってたな。

「お母さん、外国の方だったとか?」

「日本人だよ」

「じゃあ、家が森の中にあった?」

「そうきたかって推理だな。普通の、市街地のアパート。何で森?」

宗清のほうが笑った。

「妖精って海辺にいる感じがしないんで」

それに泉の思い描く「妖精」は、ピーター・パンのティンカー・ベルみたいな、手のひら大の、虫っぽい羽をふるわせて飛ぶ生き物（と呼んでいいのかどうか）だった。それが窓辺に訪れると言われたら、むしろ子どもは心待ちにするんじゃないだろうか。

「鬼だったら取って食う、ですけど、妖精ってどんな悪いことするんでしょうね」

「どうだろ、お姫さまみたいに眠らせちゃうとか？」

口に出してから宗清ははっと足を止め、焦りもあらわに「ごめん」と謝った。

「他意はなくて、でも今うかつだった。すみません」

その真剣さに泉こそがむしろうろたえて「いいですいいです」と首を振った。

「そんな気にしないでください。大丈夫ですから」

「……ほんとに？」

「はい」

宗清の必死さがおかしくなってきて、肩を揺らし笑う。それに合わせて、ごみ袋のまだ軽い中身もかさかさ鳴った。

「ほんとに失言したと思ったら、そういうふうに一生懸命謝るんですね」

「いや……え、うーん……」

口ごもったあげく、観念したのか「はい」と神妙に答えた。

「でもそんなにおかしい？」

「俺も、何でこんな笑ってんのか謎です」

「『俺』」

「え？」

「『俺』って言うんだなって思って」

「言いましたっけ」

「言ったよ。初対面以外は基本的に『僕』だったのに」

「他意はないです」

「へえ……ま、いーや。笑えてるんなら──あ」

宗清は砂に埋まった白っぽい何かをつまみ上げたかと思うと即座に「げ」と放り出す。

「どうしたんですか？」

「やー……」

魚の死体でも探り当てたか？　しかし見下ろすと、足下に落ちているのはくちゃっとねじれたうすっぺらいコンドームだった。

「あー朝っぱらからへんなもん触っちゃった。でもほっとくと鳥が飲んじゃうかもしんないし」

ぼやきつつジーンズのポケットからハンカチを取り出すと広げてゴムをくるんだ。使用済みかどうかは、考えないほうが賢明だろう。

「もったいないけどこれごと捨てよう」

「袋に入れてくれたらいいですよ」

「いや、俺が発掘しちゃったし」

「じゃあ、その状態でこっちにください」

「やだ」

　ハンカチの四隅をきゅっと結んで閉じてしまうと、後ろ手に隠す。

「泉さんがこれ触って処分すると思ったらやだ」

「手で直接触るわけないですから」

「そーゆーことじゃなくて、どんなかたちでも接触させたくないなって思ったから」

　軽快さが消えて、まじめな顔つきになる。すっと、手品みたいに表情の変わる男だ。笑顔になる時もそれを引っ込める時も突然で、見ているはずなのに過程がわからない。だからいちいち、目の前で手を叩かれたようにどきっとしてしまう。次の瞬間どんな顔をするのか読めなくて油断ができない。

　砂まみれのコンドームなんてこっちも願い下げだけど、そうですかありがとう、とも言えなくて泉は「俺もいい大人なんですけど」と少々的外れな反論をした。

「うん知ってる、同い年で、蠍座のO型」

「Bです」

「あれ」

「また出まかせを……」

　それにしても星座だの血液型だの妖精だの、およそ似つかわしくない。

「そして恋人はいない」

『彼女』はいません」

わざわざ言い直してやると「けん制されちゃった」と口を尖らせはしたが、本気でショックを受けているふうではなかった。「言ってみただけ」なんだろうな、と泉は理解する。男に思わせぶりな女も女に思わせぶりな男もたくさんいるし、軽いちょっかいまで嫌悪するほど潔癖なつもりもない。

本気で好きだなんて言われるより、ずっといいじゃないか。

ごくゆるやかな波が永遠に続く模様みたいに連なる。滑らかな海面に朝の光が走る。

また一日が始まる。

スーツを着てネクタイを締め、髪を整えて電車に乗る。似たような格好の人間であふれかえる都心に近づくにつれ、泉は落ち着かない気持ちになってしまう。自分を「サラリーマン」に化けて紛れ込んでいるだけの紛いものに感じるのだ。混み合う電車内で、あるいは信号待ちの雑踏で、いきなり誰かに「偽者が混じっているぞ！」と糾弾されやしないかって——本気で危惧していたら精神的に相当まずいので、単なる妄想だが。

もちろん泉はそれなりに名の通った企業の正社員だし、会社から支給されたＩＤカードで誰はばかることなく勤め先に足を踏み入れることができる。

俺は頭が古いのかもしれない、と思う。どんなに働き方の多様性を謳われようと、毎日会社へ「通っていない」という引け目があった。社から認められたスタイルで、誰も泉を責めたりしないというのに。月に一度か二度、所属部署と人事部に現状報告を行うのもメールや電話でこと足りるが「たまに顔を出してつないでおくほうが復帰しやすいだろう」という直属の上司のアドバイスもあって社に出向いている。泉が戻る前提で話をしてくれる心遣いにすこしでも応えたかった。

「こないだ送ってくれたトラブルシューティングの項目、もうちょっと親切なほうがいいだろうって、技術陣から言われた。俺もそう思う。ロボット掃除機ってまだ新しい家電だからさ」

「あんまり細分化すると、扱いづらいと受け取られるかもと思ったんですが」

「ネットで解決方法検索したりしない高齢者がターゲットの製品だからな、俺はくどいほど親切でいいんじゃないかと思うんだよ」

「わかりました。じゃあそれ念頭に置いて索引の構成も変えますね」

「頼む。……ちょっとコーヒーでも飲もうか」

社内の喫茶室に移動すると、上司は「どうだ、最近は」と水を向けてきた。

「通信講座で中国語の勉強を始めました。中文版の作成に関われるようになりたくて。発音は措《お》いといて、文法と読み書きだけに集中すると結構はかどります」

「あっちの説明書でへんな日本語見ると和むよな」

「味がありますよね」

どうだ、と訊かれ、自分の近況を答えた。それで、弟の容態に変わりはないと察してくれたのだろう、靖野の話題にはならなかった。円安とか、東京オリンピックって実際どうなんだろうとか、ありふれたサラリーマンの雑談をすこしして、受付の前で別れた。

「じゃあな。構成書も原稿も図表も早くて助かってるけど、あんまり無理するなよ」

「大丈夫です」

「困ったことがあったら言えよ。どんなちいさなことでもいいから」

「はい。ありがとうございます」

一礼して、エレベーターホールに向かう背中を見送る。頭を上げてきびすを返すと、うっすら見覚えのある顔と目が合った。とっさに名前が出てこない間柄の同期、がふたり連れ立っていて、向こうも同じことを考えているのか、「お疲れさまです」とぎこちない会釈を交わしてすれ違う。

ささやき合う声が、過剰なほど磨き上げられたアトリウムの床を行き交う靴音と一緒に耳に入ってきた。自分のうわさ話って本当によく聞こえる。

——え、あの人まだいた？　全然見かけないからもう辞めたと思ってたよ。

——あー、何か家族の介護？　とかで在宅ワークじゃなかったか。

——まじでー？　出勤しなくていいのはうらやましいけどそれはきっついなー。かわいそ。

悪口じゃない。自分だって逆の立場だったらそう思うだろうし、口に出すかもしれない。でも「いつ誰の身に何が起こったっておかしくない」という人生の大前提を、現実として思い知っていない人の言葉だと思うと、苦しいのだ。俺だって「そっち側」にいたんだよ、と言いたくなる。雑な同情は、時に悪意より鋭く胸に刺さる。

そのまま、昼食も摂らず地元にUターンした。駅前のコインパーキングに向かう時、ちょうど駅に駆けてくる宗清の姿が見えて、とっさに声をかける。

「叶さん」

「あれっ」

宗清は立ち止まると泉の全身を眺め、「何かあった？」と尋ねる。

「会社に、定期報告みたいなものを」

「今から？」

「帰ってきたところです」

「え、早すぎじゃね」

「形式的なものなので。叶さんは？」

「家から持ってきた鍋の取っ手がぼこって取れた。確かに、捨てても惜しくないようなぼろいやつだったけど、もうかよ！　みたいな……二、三駅先にホムセンあったよね。せっかくだから遠征してみようかと思って――」

まさにその、ホームセンター方面へ向かう上りの電車が、泉と宗清の目の前でフェンス越しにゆっくり発車していくところだった。

「――……あーあ」

「すいません」

間に合うよう走っていたんだろうに、呼び止めたせいで見送らせてしまった。

「いいよ別に、急がないし」

「あの、よかったら車に乗っていきませんか」

「え、でも帰ってきたとこだろ」

「あんまり早く戻りすぎても母親がいい顔しないんで。俺もインクトナーとか欲しかったし」

「じゃあお言葉に甘えようかな」

宗清がやってきてから一週間が経っていた。朝の海辺か夜の「西海岸」で（あるいはその両方で）会えば当たり障りない世間話をするくらいで、あれ以来靖野の件は話題に上らなかった。泉は本当に気にしていないのだけれど、宗清のほうで「失言」を引きずっているのかもしれない。

「きのう、イヤホンが壊れたから急きょコンビニに買いに行ったんだけど、いつもは捨てる説明書読んでみた。ちゃんと書いてあるよね」

「説明書ってそういうものですから」

「そうだけど、泉さんも関わってるわけだろ。生身の人間が一から作ってるってリアルに感じると、感心する。仕事で、何が大変？」

　泉はハンドルを握りながら考える。

「一からと言っても、すでに蓄積されたフォーマットというか、お約束はあるんですよね」

　基本的な機能と使うシチュエーションと禁止事項、困った時の対策、ＰＬ法の記述、等々。

「開発部の話聞きながら、テスト製品を自分でも徹底的に触ってみて……でも、いちばんつまずくのは『わかる』って何だろう、って思っちゃう時です」

　宗清は、相づちも挟まずに泉の話を聞いていた。

「ユーザーが理解できるものっていうのが大命題なので、もちろんそれを念頭に置いて書くんですけど『わからない』ってリテイク食らうと、正直手も足も出ないというか。自分はこの書き方でわかるし、わかると思って書いた、でもわからないと言われた。何がいけないのかな？　って……『わからない』がわからないのは、怖いです」

「……ああ、大事だよね」

　宗清にしてはちいさな声でぽつりと言った。

「わからなさをわかるっていうのは」

「そういえばちょっと前、真帆ちゃんに、男には女がわからないってさらっと言われて、ちょっとどぎまぎしました」

「そんなこと言われたら、俺何かした？　ってびびるな」

冗談めかしてから「男だから男がわかるって思ったこともあんまないけど」とつけ加える。

「女同士だからわかるとか、家族だからわかるとか、結局個人と個人の相性の問題じゃねーのって気がするけど、ちょっとでも大きい輪でくるほうが汎用性が出るっていうか、安心するから。『ひとりとひとり』だって思うより」

「……意外にシビアな考え方をするんですね」

「そう？」

「はい」

でも宗清の言うとおりかもしれない。自分は弟のことなんかすこしもわかっていなかったんじゃないかと、今でも思うから。

赤信号で停車すると、運転から意識が逸れて宗清の視線をはっきり感じた。

「何かついてます？」

「いや、スーツ姿って珍しいから焼きつけようと思って」

「はあ……」

台無し、と思った。

「そういうことばっか言って、会社で引かれないですか」

「会社でそういうことばっか言ってたらただのおかしいやつだろ」

「じゃあ旅の恥？」

「どうだろね」

信号が変わる。ゆっくりとアクセルを踏み込む。

「俺が、げっ気持ち悪いって反応したらどうするんですか」

「一応、気持ち悪いって言わないであろう人を見極めるようにはしてるけど」

見極めるも何も初対面からそのノリだったじゃないですか——と言おうとしてやめた。泉には何となく「わかる」からだ。あの時「しずの」と呼びかけた自分を、宗清は見過ごせなかった。その場では腹が立ったけど今はわかる。宗清が泉を心配してくれて、あいうかたちで（それがいいか悪いかはさておき）引き止めたのだと。

「まあ、判断を間違えて気持ち悪いって言われたら、それは素直に失礼しましたって話。受け取る側の問題だし」

「傷つくでしょ」

「いい思いはしないよ。でも男が好きって理由で殴られるとか税金高いとか出世できないとかなら抗議するけど、感覚の話はしょうがないから。巨人ファンとはやっていけないとか会津の人間は天敵だとかさんまの内臓食べるなんて信じられないとか、人にはいろいろ好悪があるだろ。無理に受け入れていただく必要はない。存在を『ない』ことにさえされなければね」

「……同レベルでいいんですか？」

「え、逆に訊くけど性的指向の問題って高尚なの？　低俗なの？」

そう言われると答えられなかった。

「女の子と恋愛しろって言われても無理だし、俺が俺であるっていうのを理由に嫌悪してくる他人を変えるのも無理。でも、誰だって大なり小なりそんな思いしてきてるんじゃない？　背が低くて振られたり、家庭環境が原因で好きな相手と結婚できなかったり、そういう、自分の力じゃどうにもならないのに、って訴えたくなることが。だから、俺だけに特別厳しいハードルがあるとは思ってない」

「強いんですね」

という感想は、すこしひがみっぽく響いたかもしれない。

「心が強いとか弱いとか、そんな単純な判定も難しいよ。ただ……んー、俺の場合、死んだ母親も知ってたけど否定されなかったからね。そこは大きいと思う。一生傍にいたいほど好きな人ができたら連れてこいって言われてたけど、間に合わなかったな。たまにかーちゃんごめん！　って思う」

「すごくいいお母さん」

「だろ」

また一瞬で、花丸を褒められた子どもめいた満面の笑みになる。運転中で、横目にしか見られないのが惜しいくらいだった。靖野はいつも、どんな表情をするのか頭で考えてから決めるようなところがあった。弟は自分よりはるかに活発だったし、次男らしい無邪気さやちゃっかりしたエピソードもたくさん覚えているけれど、俯瞰で周りを見て他人に気を遣う、賢いやさしさがあった。泉はそんな靖野が大好きだった。

ホームセンターのだだっ広い駐車場に車を停め、出入り口の案内図に目を通す。

「俺、二階。PC用品は一階？　じゃあ後で合流しよっか」

「はい」

「買い物すんだら連絡するってことで」

LINEのIDを交換し、エスカレーターのところで別れた。実のところトナーはとっさにこしらえた口実に過ぎず、きょう買う必要はない。会社でのちいさなささくれを家に持ち帰りたくなくて、何でもいいから寄り道したかっただけだ。でも言った手前黒のタンクをひとつだけ買い足し、後は事務用品のエリアを適当に冷やかして時間をつぶした。十五分ほど経って「買ったよ」とメッセージがあったのでエスカレーター前に戻る。

「見て見て」

宗清が得意げに袋から出したのは、アルミを打ち出した雪平鍋だった。

「懐かしい感じの買ったんですね」

「この、模様が好きだから。あと雪平って名前がいいよね」

ものごとを冷静に分析する一面があるかと思えば、そんなあどけない理由で生活用品を買ったりするのか。

「ちなみに、何で雪平鍋っていうか知ってる？」

「え、だからその、表面の模様ですよね」

雪っぽいから、と言うと「それだけじゃないんだなー」と嬉しそうに首を振る。

「在原行平《ありわらのゆきひら》が——在原業平《なりひら》のお兄さんね、伊勢物語の。行平が、海女さんに海水を汲ませて塩を取った陶器の鍋からきてるんだって。だからこれ、もともとは海で使うやつ。アルミだから塩分とは相性悪そうだけど」

「へえ」

他愛ない話をしていると車まではあっという間で、一瞬、もっと駐車場の端っこに停めればよかったかな、という考えがよぎった。がらがらなのに不自然すぎるか。

でも宗清は、泉の心を読んだように提案した。

「泉さんまだ時間ある？　あったらもうちょっとドライブしない？　……って乗せてもらって言うセリフじゃないけど」

「いいけど、高いですよ」

かすかな驚きと嬉しさを隠して答えた。

「よし、じゃあこの鍋で鍋パしよう」

「ちいさすぎ」

といって観光名所があるわけじゃない、実はあるのかもしれないが地元だからこそ疎い。泉は運転席で思案し「ここから十キロくらい先の岬に展望台があるんですけど」と言った。

「海って見飽きましたよね」

「んーん。そこにしよう」

再び車を走らせ、道の駅の駐車場に停めると、膝丈の草がまばらに生えた坂道を上がっていく。遮るものもないから、円形の屋根がついた展望台はずっと目の前にあるのに、なかなか近づけなかった。見えていても遠い。

「歩いてみると結構遠いね」

「すみません」

「いや、いい運動」

それでも、二十分に満たない道のりだったと思う。らせん階段を巻きつけた三階建て程度の展望台は塩分で腐食が激しいのか、白い塗装がまだらに剝げ黒い錆をさらして廃墟っぽい趣があった。眼下では荒々しい岩場へと打ち寄せた波がなす術もないように砕けている。

「こっちの海は、またちょっと色が違う」

手すりから身を乗り出して宗清がつぶやいた。

「そうですか？」

「うん。朝歩いてるとこの海はもうちょっと鈍いんだけど、ここは真っ青。すごい青。ウルトラマリンっていうの？」

「えっ」

その言葉に若干の引っかかりを感じて声を洩らすと宗清も「うん？」と訊き返す。

「……ウルトラマリンのウルトラって、そういう意味じゃないんですけど」

「うん？」

「昔は青い色を出す原料が海外から運ばれてきたから、『海を越えて来た青』ってことです。超越の『超』のほうじゃなくて」

「うそ、まじで？　知らんかった、ずっとスーパーの意味かと思ってたよ、ほら、藍より青しみたいな」

泉は軽く眉をひそめた。

「外資系勤務……？」

「え、いやだってそんな知識仕事で必要ないし……ていうか疑ってる？　東京に戻ったらちゃんと名刺も社員証もありますから！　あ、そうだ、保険証見る？」

「もうそのうろたえ方が怪しい」

「違うって！」

「冗談ですよ」

泉の笑い声が波音に紛れる。こわれた波が作る、白いあぶくのうねりの中に消えていく。

「叶さんの名前の中にも、青が入ってる」

「ああ、そういえば」

ウルトラマリン。来る青、来た青。そうだ宗清には青すぎるほど青い色が似合う。そして靖野の中にも青がある。

「……弟は、海が好きで」

泉は言った。

「子どもの頃、大きなバケツ抱えて、海水を汲んできたことがあったんです。でも、バケツの中には海の青がなくて、単なる砂が沈んだ塩水にしか過ぎなくて、どうして海は持って帰れないのって泣いてたのを覚えてる」

「あーわかる。青って、手が届かないものの象徴みたいなとこあるよ。青い鳥とか、青いバラとか」

「そうですね」

「弟さん、高飛び込みの選手だったんだって？　真帆さんから聞いた」

「高校までです。東京の強豪校で寮生活して、国内ではまあまあの。卒業した後はこっちに戻ってきて、スキンダイビング……平たく言うと素潜りなんですけど、そっちにのめり込んでいってました」

「ほんとに海が好きなんだな」

「はい」

手すりの、かさぶたみたいに剝がれかけた白いペンキがきつい海風にぺわぺわ揺れている。きつく巻いたはずのマフラーが首から外れて飛んでいきそうになり、宗清が手を伸ばして引き留めた。そしてあっという間に泉の喉のあたりに結び目を作ってほどけないように巻き直す。スムーズな仕草だった。誰かにたくさん、そうしてきたのだろうか。

「……ありがとうございます」

「寒いね、もう行こうか」

本当はもうすこし、ここにいたかった。そしてたぶん、靖野の話をしてみたかった。何でなんでしょうね、と。どうして、弟は。

でも会話の糸口も風にさらわれたままで、もう一度切り出すタイミングは摑めなかった。

どっかで温まっていこう、と宗清が言うので適当なカフェに寄った。コーヒーと、パスタソースらしいトマトの匂いがこもる店内に入ると泉は急に空腹を意識し、キーマカレーを頼んだ。宗清はコーヒーだけを注文して備えつけのインテリア雑誌をぱらぱらめくっていたが、店内のBGMが切り替わった拍子に顔を上げた。

「この曲、知ってる？」

たとえば古い映画の、甘ったるいラブシーンに使われていそうな前奏に続き、やはりムードたっぷりといった趣の男の声が流れ出す。泉が黙ってかぶりを振ると「レイ・チャールズの『Born to lose』」と教えてくれた。

「失うために生まれた——これは合ってる自信あるよ」

間違えようがないだろう。耳を傾けてみるとどうやら別れの歌だった。

「失うために生まれた、なんて悲観的ですね」

「そうだね、逆のほうがいい」

「逆?」

「何かが新しく生まれるための喪失ってあると思う。だから『Lose to born』」

「——ない」

スプーンが皿にぶつかった。どっちも木だからおもちゃみたいな軽い音しか立てなかったけれど。

「そんなの、だって、靖野はいなくて、いるけどいなくて、いないままで、新しいものなんて、何も」

どうして、いきなりこんなに感情が乱れてしまったのか自分でも判然としないまま矢継ぎ早に吐き出すと泉はコップの水を呷《あお》り、カレーを食べ続けた。辛くなんてないのに涙がこぼれそうになり、ひき肉やみじん切りの生姜や米粒と一緒に必死で嚙みつぶし、飲み下した。弟は今も病院のベッドで、胃に開けられた穴から栄養を摂取している。

これでまた、宗清がいつかみたいな口調で「ごめん」なんて言おうものなら本当に泣き出しかねなかったが、宗清は黙っていた。泉が食べ終わるまでにしたのは、水をつごうと近づいてきた店員をさりげなく制したことだけだった。

そして泉が皿を空にし、ペーパーナプキンで口元を拭っている間に「払っとくから、ゆっくり身支度して」と伝票を握って立ち上がった。短い間でも、あえて泉をひとりにしてくれたのだろう。やさしくするのがじょうずな人だ、と思った。

訊いてみたい。

叶さんならどうしましたか、って。

ペーパーナプキンを何重にも折りたたむと立ち上がって宗清の後を追った。

それからはお互いに口をきかなかったが、気まずい空気ではなかった。じょじょに暗くなる空の色に合わせたような沈黙で、ふさわしい感じがした。鍋の入ったビニール袋が、後部座席で時折かさっと音を立てた。

宗清のマンションの前で車を停めると、泉はようやく「さっきの代金を」と言った。

「いいよ、きょうのガソリン代ってことで。安すぎ？」

「いえ、ごちそうになります」

「あちこち出かけて疲れただろ、きょうは早く寝なよ」

「妖精が来る前に？」

「そうそう」

シートベルトを外すと宗清は「あしたも会える？」と尋ねた。何を改まって、と茶化せないまっすぐな瞳で。泉が黙ったままでいると「あしたも会おうな」と言い方を変えてきたが、もっと答えに窮してしまう。すると宗清の指の背が、目じりとこめかみの中間に触れた。

「そんなのわからないって思ってるだろ。あしたも会える保証なんてないって、思い知っちゃってるもんな。でも大丈夫。約束って先々守るためにするんじゃないよ、約束は、約束した瞬間のためだけにあるんだから」

泉は長く息を吐き、ゆっくりまぶたを伏せた。宗清の指が温かいのがよくわかった。ゆるりと目を開け「叶さんの言うことはいちいち難しい」とつぶやく。

「ま、仕事の場でこれ言ったら普通に怒られるよね」

そう、自分から冗談にしてあっさり手を引っ込めると「おやすみ」とドアを開けてあっという間に建物の中に消えてしまった。

一度も振り向かれなかったのにほっとしたのかもの足りないのか、気が抜けてハンドルに突っ伏す。ついさっき触れられたところを、手のひらでごしごしこする。何か別の感触で上書きしてしまわなければ、と思った。後悔しているわけではないのだけれど、コマをひとつ進めてしまったような感じが、怖い。

だって宗清がいなくなった助手席が、もううっすら寂しい。この気持ちに色があるなら、それも青だろう。

靖野の病室に入ると、まず出入り口脇の洗面台で手洗いと消毒をしてからオーディオのスイッチを入れる。弟が愛用していた携帯用の音楽端末をドック型のスピーカーに挿し込んだもので、ボリュームを絞って絶えずシャッフルで流すことにしていた。もしカーテンが開いていなければ天気に関係なく全開にする。陽気のいい日にはすこしだけ窓を開ける。

端末には千近い曲が内蔵されているが、泉はイントロだけであぁ、とどの曲かわかる。こんなの聴くんだ、と意外に感じることも、これ好きだって言ってたな、と懐かしく思うことも、もうなくなった。

「きょう、ちょっとあったかいよ」

眠る弟の、頬に触れる。額に触れ、腕に触れ、手や足、指先までを入念にマッサージし、関節をほぐす。日に当たらず漂白されたような靖野の肌は、消しゴムでこすっただけで破けてしまいそうにか弱く見える。

「靖野、痛い？　気持ちいい？」

もちろん反応はない。それでも泉は話しかける。大方は、新聞やテレビのニュースで見聞きしたようなトピックだ。今度選挙があるんだって、とか、誰それのドラマ始まるよ、とか。

「おはようございまーす」

明るい声がした。ノックとほとんど同時にドアが開かれ、すっかり顔なじみとなった看護師が、新人らしい若いスタッフを伴って入ってきた。

「おはようございます」

「きょうはいい天気ですねー。靖野くんもおはよう！　お兄さんのマッサージ気持ちいいね！」

靖野の耳元で、靖野の閉じた目を見てちゃんと話しかけてくれる彼女が好きだった。

「ここだけの話、お母さんよりお兄さんにしてもらうほうがちょっと気持ちよさそうに見えるんですよ」

「それ、母親にも同じこと言ってるでしょ」

「ばれたかー。あ、紹介しますね。今度新しく入ったスタッフです。和佐さんの担当もさせていただきますので」

「よろしくお願い致します」

ぴょこんと頭を下げた女の子は、靖野とそう変わらない年に見えた。

「遷延《せんえん》性意識障害の患者さんと接するのは初めてなので、至らないところがたくさんあると思いますが、しっかり勉強しますので」

「こちらこそ、弟がお世話になります」

せんえんせいいしきしょうがい、という長い症例を口にする時、試験に出てくる単語を丸暗記しているようなたどたどしさがあった。泉はかすかな笑いをこらえて頭を下げる。俺もそうだったな、と思いながら。

――せん……？

突然告げられた長い単語に、母は首を傾げていた。

――遷延性意識障害、です。このまま目が覚めなければ息子さんはその状態だということになります。

医師は噛んで含めるように言った。まだ集中期の治療だった靖野のベッドは、周りにたくさんの機器や管がつながれていて今よりずっとものものしかった。

――自力で移動や食事や意思疎通ができず三ヵ月以上経過……いわゆる、植物状態ですね。

三ヵ月、とその長さを実感しかねるように母はつぶやき、「どうやったら起きてくれるんでしょうか」と尋ねた。

――それはわかりません。

「体温は三十六度二分……じゃっ、靖野くん、朝ごはん食べよっかー。頭上げますねー」

看護師の声で現在に帰ってくる。

「あ、俺やります」

ベッドの柵に引っかけてあるリモコンを操作して傾斜をつける。「朝ごはん」が逆流しないための措置だ。靖野のパジャマの前を開けると、キャップの付いたカテーテルが通っている。キャップを外して朝昼夕の三回、それぞれ一時間以上かけて栄養をチューブで流し込むのが靖野の「ごはん」だった。

胃に直接栄養を流し込む「胃ろう」の処置をしたのは入院から一カ月ほどだっただろうか、母は「身体に傷をつけるなんて」と泣いた。点滴や鼻のチューブじゃどうして駄目なんですか、と。でも若い肉体にカロリー点滴だけでは不十分だし、鼻への挿管は副鼻腔炎やカテーテル起因の感染症を引き起こす危険があることを説明され、折れた。胃ろうの穴は必要なくなれば問題なくふさぐこともできますよ、とも。

靖野の穴は今もある。そして母は、もう胃ろうに取り乱したりしない。「セルフの給油スタンドみたいね」と茶化すことすらある。そんな軽口でも叩いていないとつぶれてしまうのだ、という気持ちを共有できる人間の前でだけ。

食事が終わると床ずれを防ぐための体位変換。床ずれのできにくいエアマットを敷いてはいるが、それでも三、四時間置きにクッションや枕を使って姿勢を変えなければならない。皮膚を保護するクリームを塗って着替えやタオル類を交換し、そうこうしているうち昼食の時間が来て、主治医が顔を出し、理学療法士が顔を出し、また体位変換……と一日はめまぐるしい。日課に加えてシーツを取り替える日もあり、爪を切る日もあり、ケアマネージャーやソーシャルワーカーと面談する日もあり、ＭＲＩを撮る日もある。一応、仕事用のパソコンや資料を持参しているものの、じっくり目を通せる時間などほとんどなかった。

面会時間は午後八時までだが、融通を利かせてもらって大体九時か消灯の十時まで靖野の傍についている。八時を過ぎたらぐっと音楽のボリュームを絞り、帰る直前に電源を落とす。すると室内には、マットが空気圧を調節するかすかな音だけが残る。水の中にぽこ、ぽこ、とあぶくが生まれる音に似ている。

「……おやすみ、靖野。あしたは母さんも来るからな」

いつも、ドアを閉める前がいちばん苦しくていちばん耳を澄ませている。訊いてはいないが、母もきっとそうだろう。靖野がふと目を覚まして自分を呼ぶような気がして。想像の中でもちいさすぎる声は扉に阻まれ、弟はまた眠りに落ちてしまう。後ろ髪を引かれる気持ちで歩く夜の病棟の廊下には未だ慣れない。

その夜の泉は、エレベーターのボタンを押しかけて思いとどまり、もう一度病室に戻った。黙って中に入ると、手のひらに握り込めるサイズの音楽プレイヤーをそっとスピーカーから取り外し、コートのポケットにしまった。

病院通いはおおむね母と泉が交代で（あるいはふたりで）やり、土日祝日には父が入ることもある。

自分たち一家はずいぶん恵まれている、とハンドルを握りながら泉は思う。靖野の脳幹には損傷らしい損傷が見受けられないこと、一時は心肺停止の状態だったが蘇生がうまくいったこと、近くに療養病床の確保に力を入れる総合病院があったこと。院長は意識障害学会の理事をしていて、地元の有力者である真帆の祖父からの口添えも大きかった。何より、働き手と介護役の両方をある程度家族で賄える。

恵まれている、と思い、すぐに「誰と比べて？」と自問する。「意識障害の身内を抱えたよその家」と——ああそうか、うちはもう「普通の家庭」じゃないんだな。ただの、ありふれた「両親と兄と弟」の四人家族じゃなくて。

対向車のヘッドライトに目を細める。皮肉な話、靖野を見ている時はこんな雑念に悩まされない。第一に体力を使う。痛いとも言えない相手だから気も遣う。散漫に動くとスケジュールをこなせないし、事故につながる可能性もある。

植物状態、ってそんなに悪い言葉じゃないと思う。両親と泉がしているのは、まさしく植物を丹精することに似ているからだ。水は足りているのか、その他の栄養は。暑すぎないか寒すぎないか、湿度は。表面が傷まないように、根が腐らないように、しおれないように。一日でも長く靖野の姿かたちを保ち、守るため、どんなささやかなサインでも見落とさないように。それが苦じゃないといえば嘘だが、それすら奪われる未来を望んだりはしない。すくなくとも今は。

帰宅すると簡単に夕食をすませて、飲みには出なかった。靖野のプレイヤーをパソコンにつなぎ、ダウンロードサイトで購入した曲を転送した。おととい、宗清と入ったカフェで流れていた「Born to lose」。

なぜそうしようと思ったのかはわからない。靖野が好みそうなわけでもなく、メロディがいたく気に入ったというわけでもなく、内容は単なる失恋の歌で、しかもこんな縁起の悪いタイトル。靖野が好きだったバンドの新譜が出ても、プレイヤーには加えなかった。立ち止まったままの靖野より先んじてしまいたくなかった。パソコンから端末へ、一曲ダウンロードされるだけの時間「何でかな」と考えてみたがやっぱり答えは出なかった。宗清に訊いてみたら何と言うだろうか。宗清はいつも、泉が思ってもみなかったことを言うから。

……いや、いつもっておかしいな。まだ知り合ってちょっとしか経ってないのに。手の中でプレイヤーを弄んでいると、机の上で携帯がぱっと光る。

『きょうは飲みに来ないの？』

その、宗清からのLINEだった。すごいタイミング、とついあたりを見回してから
『休肝日』と適当な返信をする。

『鍋パいつする？』

『本気だったんですか？』

『何でウソだよ』

『カレーごちそうしてもらったし』

『あれはガソリン代だろ。運転の手間賃は別』

『ぐいぐいきますね』

『性格なんだ』

合わないけど別にいやではないんだよな、と思った。この人のこういうところ。最初は引いたけど。

『じゃあ、あしたの晩』

『よっしゃ。俺のマンションでいいよね？　三〇五、夜七時スタートにしようか』

『何か買っていきましょうか？』

『お客さまだから気を遣わないで。じゃあ、あしたね。おやすみ』

ぐいぐいくるけど、目的を果たしたらこうしてさっとやり取りを切り上げるのも性格だろうか。顔が見えないと「いつまで続くのかなこれ」とだらだらラリーが延びがちだけど（そして大抵は向こうも同じ思いでいるのだけど）、宗清にはそういうところがなさそうだった。

波みたいな男だ。寄せてきたと思ったらもう遠ざかっている。まだ電源を落としていないパソコンで、眠くなるまで「Born to lose」を聴いた。

オートロックの集合玄関でインターホンを鳴らすと、宗清の「上がって」という声とともに扉が解錠される。けれど、三〇五のドアを開けて出迎えたのは真帆だった。

「いらっしゃーい。って私んちじゃないけど」

「将来的にはそうなるんだろ？」

宗清は、玄関からすぐの位置にあるキッチンで火を使っていた。

「どうかなー。ん？　泉くん、どうかした？」

「いや……」

泉は曖昧に濁すと「真帆ちゃんいるって知らなくて」と言った。

「知ってたら、果物とかケーキ持ってきたのにって思って」

「あ、フルーツタルト買ってきたよ、あとワイン！　泡ね」

「そっか」

差別だ、と宗清が抗議する。

「真帆ちゃんがいなくても、果物とかケーキあってもいいじゃん」

「何も持ってこなくていいって叶さんが言ったくせに」

壁に片手をついて靴紐を乱暴にほどく。

「そうだけど」

「でしょ」

宗清のことだから欲しいものがあれば具体的な要望を出すだろう、気を遣うなという言葉を社交辞令だと受け取らなくていい、泉はそう思って手ぶらで来た。だから冗談とわかっていてもかちんときた。

そもそも真帆ちゃんも呼ぶなんて聞いてないし、真帆ちゃんが来るんなら運転の手間賃とか全然関係ないし。いつの間にか「真帆さん」から「真帆ちゃん」に変わってるし。ああ、LINEしてた時隣にいたのかも。頭を寄せ合って液晶を覗き込み、「休肝日だって」「うそ、聞いたことないし」なんて笑い合ったりしながら。

「泉くん、コート預かるよ」

「あ、うん、ありがと」

コートを手渡す時、真帆の肩越しに宗清と目が合った。

『おこってる？』

声に出さず、唇の動きだけでそう尋ねられて『べつに』と同じように返す。そうだ、びっくりしただけで怒ってなんかいない。ふたりだけだと思っていたところに友達が増えた、どこにも腹を立てる要素なんてない、と泉は自分自身に噛んで含めるように言い聞かせた。

折りたたみのちいさなローテーブルにはすでに紙皿が用意され、スーパーで買ったとおぼしきつまみやオードブルが並んでいる。この建物の中に入るのは初めてだった。長方形の1DK。机やベッドをわざわざ持ち込むとは思えないからある程度の家具は備え付けなのだろう。

「仮住まいなんであんま食器もないんだけど」

その中央に敷いてある布巾の上に新品の雪平鍋がずしりと載せられる。

「じゃっ、始めようか。あ、ワインの栓、流しで抜いてくる」

「ここでいいじゃん」

「そんで汚しちゃったら、出ていく時がっつり請求する気だろ」

「ばれたか」

紙コップで音のない乾杯をして、ささやかな宴は始まった。昆布を敷いた鍋には豆腐とほうれん草と鶏肉ときのこと白菜と……とにかくみっちり具が詰まっていて、三人でつついても十分な量だった。

「宗清くんのお父さんてさ、今どうしてんの？」

スパークリングワインを空にしてビールに移行し始めるころ、真帆が言った。

「んー？　死んではないんじゃない？」

相変わらず軽く言ってのける。

「俺が生まれる前に離婚してたし、全然実感ない。あんまいいやつじゃなかったっぽい。あ、こいつ駄目だわって別れた後で妊娠に気づいたらしいから。探せば見つかるかもしれないけど、正直興味ないな」

「ふーん……」

その後、宗清がトイレに立った隙を見て、泉は真帆を軽くにらんだ。

「真帆ちゃん、妙な想像してただろ？」

「あ、ばれてた？　ごめーん」

「いきなりお父さんのこととか訊いたら不自然すぎる」

「どうしても気になっちゃって……あ、そうだ、下駄箱の上に置いてある写真見た？」

と真帆は強引に話題を変える。

「宗清くんと、宗清くんのお母さん。似てるなーって思ったけど、宗清くんのお母さんと靖野くんは別に似てないんだよねえ。ふしぎ」

帰り際に確かめると、腰高の下駄箱の上には確かにコルクボードが立てかけてあり、何枚もの写真がピンで留めてあった。あまりまじまじと見られなかったが、よちよち歩きの頃からここ数年以内とおぼしきものまで、いろんな宗清が母親と写っていた。笑顔の明るさが確かに似ていると思った。休暇先にまで写真を飾るなんて、本当に仲がよかったんだな、とも。

宗清とふたりで、真帆を送って歩いた。真帆は真ん中でふたりと手をつないで「逆ハーレムだー」とご機嫌だった。

「しょっぼいハーレムだな……」

苦笑する宗清に体当たりして「仮住まいとか言うなよぉー」と絡んだ。

「もう、ずっとここにいなよぉー、いいとこでしょぉ？」

「むーりー」

おかしな抑揚の真帆に、宗清もおかしな節をつけて応戦する。

「何でだよー」

「真帆ちゃん、飲みすぎ」

軽く手を引いてたしなめると、今度は泉にぶつかってきた。

「いてーな」

「泉くんだってそう思ってるくせにー」

「は？　思ってないよ！」

「おいそんな素で否定すんなよ」

真帆が「ウケる」とけらけら笑う。

「宗清くん、振られてやんのー」

「まーほ！」

すこし強い口調でたしなめると、「だって」と今度は両手で泉の腕にしがみついた。

「宗清くんがいると、泉くん、ちゃんと外を向いてくれてる感じがするんだもん……」

真帆の家は小高い丘陵地帯の坂の途中にあり、海に目を凝らせば靖野のいる病院が見える。真帆の両親に「飲ませすぎてすみません」と頭を下げて別れると、泉はしばし道の真ん中で立ち止まった。宗清は、泉の視線のゆくえに気づいたらしい。

「……あそこが、病院？」

「はい」

「今から行くの？」

「今からはちょっと……遅いし、酒飲んでますし」

「でも会いたいって顔してた」

「へんな言い方しないでくださいよ」

「へんかな。いいなって思ったんだ。心配とか義務感じゃなくってさ、ただ純粋に顔が見たいってふうに見えたから。俺は兄弟の情ってあんまぴんとこないんだけど、長く付き添ってて、そういう気持ちでいられるのはすごい」

黙って歩き出した。宗清の足音がついてくる。坂の下に、ぽつぽつと街明かりが見える。明るくないところは、海。夜と同じ色の海。

「……でも、真帆ちゃんはあんまよく思ってないっぽいですね」

ややあってぽつりと言うと「そういうわけじゃなくて」と後ろから返ってくる。

「彼女には彼女の目から見た心配があるってだけだ。俺には何とも言えないけど」

「二十四時間三百六十五日在宅で、ほんとにつきっきりでいなきゃいけない人はたくさんいるんですよ。俺なんかこうして病院に預けてのんきに飲み歩いていられる」

「でもたぶん、あの子が言いたいのはそういうことじゃないんだろ」

「どうでしょうね」

わかっていながらぼかすと、泉は「お父さん」と言う。

「ん？」

「真帆ちゃんが唐突に、叶さんのお父さんの話したでしょう」

「ああ、うん。酒入ってるせいかなと思って気にしなかったけど」

「俺と靖野は父親が違うんです」

「え?」

「実の父親は俺が生まれる前に病気で死にました。進行があっという間だったらしくて……その後で再婚した今の父との間に生まれたのが靖野です。だから真帆ちゃんは、もしかして、って思ったんでしょうね」

「俺と靖野くんが、腹違いの兄弟かもって?」

「はい」

「泉さんもそう思う?」

「そう勘繰ってもおかしくないほど似てますけど、うちの父は初婚だったはずです」

「後ろに手が回っちゃうギャンブルとかクスリにも手を出さない?」

「当たり前でしょう」

いいやつじゃなかった、どころの話じゃないな。

「ま、俺も母親からの伝聞だから、ほんとのところは謎だけど。うちのおふくろと離婚してから全力で改心して今に至ってるのかも——……まあ、ないよね。真帆ちゃんも面白いこと考えるな……」

宗清は低く笑い「今のお父さんってどんな人?」と尋ねた。

「いい人です。……って一言で言っちゃうと嘘くさいかもですけど、本当に。弟と差をつけられたと感じた記憶は一度もないし、むしろ母親のほうが養子縁組を突っぱねてるくらいで」

だから、継父の姓を名乗っているが、戸籍上は正式な「父子」になっていない。

「何でだろう」

「俺に相続権が発生するのがいや、というか気が引けてるっぽい。普通のサラリーマン家庭ですけど、今は弟がこんな状態ですし。俺も別にどっちでも、ていうかどうでもいいんで、ずっと棚上げにしてます」

「見る目のあるお母さんでよかった」

「そうですね」

「お父さんとけんかすることってある?」

数秒考えて「二回だけ」と答えた。

「弟が病院で目を覚まさなくなって、俺が実家に戻るって決めた時」

お父さんとお母さんで面倒を見る、泉がそこまでしなくていい、と言われたが頑として譲らなかった。

「二回目は?」

下り坂のせいかもしれない。意識してセーブしなければ勝手に前へ前へと出て行こうとする足のリズムにつられて口も軽くなるのか、さっき自分からはぐらかしたばかりの話題に触れてしまう。

「……弟を、家に引き取りたいって言った時。これは俺のほうが折れましたけど」

「病院がいやなの？」

「いやっていうか……設備も整っててよくしていただいてます。こんなに長くいさせてくれる病院はなかなかないと思う」

「でもいやなんだ」

駄目押しされて、とうとう「はい」と認めた。そうしたら真帆にも黙っていたことが次から次へと口をついて出てくる。

「うちに、手元に置きたいんです。たとえば今、真っ暗な部屋で目を覚ましてたらどうしようと思うから。腹に穴開いてて、たぶん思うように声も出せなくて身体も動かせなくてわけわかんなくて、それってどんなに怖いだろう、怖くてまた寝ちゃったらどうしよう。傍にいたりいなかったりするの、つらいんです。ならもうずっと傍にいたい」

父は「それは最後の手段だ」と言った。

――病院が置いてくれるうちはお世話になろう。もしもの時、プロがすぐ近くにいてくれる環境がいい。それに……。

「真帆ちゃんが不安がるわけだよ」

宗清の声。ひとかたまりの文章として聞くと靖野と別人なのはわかるが、たとえば「真帆ちゃん」という単語ひとつとってみるとそっくりだった。

「引き取ったらもう、一歩も外出なくなるんだろ」

「父親も同じようなこと言ってましたね」

――それに、靖野に泉の人生を費してしまわないでくれ。

「……何で駄目なのかな？」

今さら、父と言い争いをした時の昂りがよみがえってきてしまって、気を抜くと走り出しそうだった。

「家に引きこもってたって誰にも迷惑かけないし、どうして弟につきっきりじゃいけないんですか？　俺ってそんなに病んで見えますか？」

「その生活が、五年十年のスパンになるかもしれない現実をお父さんはちゃんと考えてる」

「俺だって覚悟してますよ」

「その上で迷いなく言えるんなら、やっぱ怖いよ」

はっきり言いやがって。赤の他人のくせに。何も知らないくせに。そのうちここを出てっちゃうくせに。

「だって、弟ですから」

靖野じゃないくせに。

「でも泉さんじゃない。別々の人生がある。その前提見失ってたらどんな愛情もひとりよがりで終わるんじゃないのか」

泉は立ち止まり、振り返った。勾配のせいで、宗清の顔はふだんよりちょっと上にある。縦になった靖野の顔なんか、ずっと見ていない。

「……むかつく……」

　ぽそっと、ではあるが、確実に聞こえる声でつぶやいてみた。面と向かって攻撃的な言葉を吐くのに慣れていないためものすごい勢いで口内の水分が蒸発していくのを感じたが、緊張なのか興奮なのかわからない鼓動と一緒に言葉は転がり落ちていく。

「叶さんてむかつく。赤の他人のくせしてそんな人んちの事情にずけずけ口出して」

「ああしろこうしろとは言ってないだろ。俺はこう思うって意見を表明しただけで、それをどう受け止めるかは泉さんの自由だよ」

「ああ……」

　けっ、という顔をつくるとさすがに宗清も眉根を寄せる。

「何だよ」

「いかにも外資系ぽいなと思って。議論ウェルカム！　みたいな。俺はちまちま説明書作ってるだけなんでそういうの無理ですけど」

「仕事は関係ないって」

「自分が強くて何でもはっきり言えるからって、カミングアウトとかもしちゃうからって」

「だから別に強くないよ」

「何かもう、手口なんですか、こういう、めちゃくちゃやさしい言葉かけてくれたかと思えばしれっとした顔でぐさぐさ刺してくるの、高低差で翻弄するみたいな」

「手口って」

あれ、ちょっと矛先がずれた？　という自覚はあった、が急停止はできなかった。

「大体きょうだって、真帆ちゃんいるとか聞いてないですし――」

そこでようやくストップが効き、ぐっと口を閉じた。宗清もそれに合わせたようにぱっと眉間をゆるめ、どこかきょとんとした面持ちで泉を凝視したかと思うと、今度はくしゃっと笑顔になった。その数秒で、泉の頬は一気に熱くなる。

「何だ、やっぱ怒ってたんだ」

「……違います」

「いやいや」

「違いますから」

「うん、全然いいけど、泉さんて案外めんどくさい性格してんな。もっとしっとり、ていうか、落ち着いて見えんのに」

こっちは「むかつく」の一言に結構な勇気を要したのに、「めんどくさい」なんてあっけらかんと。

「……早く帰らないと」

見え透いたごまかしで背中を向けて小走りに坂を下ろうとすると前みたいに手首を捕らえられ、でも前とは違ってそのまま背中から抱き込まれた。

「ちょっと！」

「あんま大声出さないほうがいいんじゃない。誰かが出てきたら、よそ者の俺より泉さんのほうが困るだろ」

「脅迫ですかそれ」

「靴紐ゆるんでるから、そのまま走ったら転ぶと思って」

「この体勢じゃ結べないでしょう！」

この体勢はまずい。うなじに息が、まともにかかる。首筋まで赤かったらどうしよう。

「……放してください」

そしてなぜ、こんなに弱い口調になってしまうのか。

「あったかいなー」

「困ります、こういうの」

「やばいなこれ、人妻に言い寄ってる気分だ」

「女の人に興味ないんじゃ」

「もののたとえだよ――ちょっとだけ弁解させてよ」

放すどころか、泉の腹の前で指をがっちり組み合わせてささやく。

「駅前のスーパーで買い出ししてる時、偶然真帆ちゃんに会ったんだよ。『買い物多くない？』って訊かれて、隠すのもおかしいからしゃべるだろ、そんで『いいな、私もお邪魔していい？』って言われたら、歓迎するだろ。だって俺よりふたりのほうがずっとつき合い長いし、むしろ彼女がいてくれたら泉さんは安心するだろうって」

「その話はもういいですから」

棒読みの早口で触れてくれるなと意思表示すると、宗清の笑った息がうぶ毛を逆撫でてぞくりとした。

「えー？　じゃあ、その前の話」

「それもいいです」

「いや、言わせて。是でも非でもなく、ただうんうんって聞いてほしい時って俺にだってあるし、わかるよ。でも、今、泉さんにそうするのは違うと思った。それが俺の見込み違いだったなら謝る」

そこで言葉を切った宗清は、泉の反応を待っている。

「……ずるい」

「何が」

「いろいろ」

「そんなの泉さんのほうがよっぽど——まあいいや。とにかく、外に出なくてもいいなんて言わないでよ」

「何でですか」

予想はついていたけど、つっけんどんに尋ねた。すると思ったとおりの答えが返ってきた。

「俺が寂しいから」

ほら、やっぱりずるい。

宗清は一向に泉を解放する気配もなく「波の音、ここまで届いてくんだね」とのんきに言った。

「ここまで来たら海近いですよ。建物で見えないだけで」

気が休まるどころか正反対の状況なのに、聞き慣れた、規則正しい満ち引きの調べに目を閉じてしまいたくなる。軽く髪を打ち振った。

「この音、嫌い？」

「好きじゃないです。海も好きじゃない。近くに行ったら濁ってるしぬるぬるして生ぐさいしごみ落ちてるしフナムシ出るし。泳ぐんならプールのほうがよっぽどいい」

「でも、弟くんは潜ってたんだろ？」

「それもいやだった。ボンベもつけずに何十メートルも潜るなんて……」

宗清の、親指の爪を見下ろす。きれいな白い三日月が出ていた。

「海の中はすごく静かだって言ってた。心臓の音も、自分の血が流れる音も信じられないほどクリアに聞こえて、外から見るよりずっと青が深くて、それは地上のどこにもない色で——……吸い込まれそうになるって。そういうことを言う時の靖野は、目つきが違ってて、黒目が青く見えて、怖かった。ダイビングなんかやめてくれればいいのにっていつも思ってた」

「……でも言えなかった？　言えなかったから後悔してる？」

そうじゃない。言っても無駄だっただろう。靖野は子どもじゃなかったし、心から海を愛していた。バケツにちいさな海を持って帰ろうとするくらい。

――大丈夫だよ、ちゃんと気をつけてるから。泉は心配性すぎる。

笑って取り合わない靖野を思い描く。でもそれは宗清の顔になってしまった。違うだろ、そうじゃないだろ、そうじゃないんだよ。

そんな後悔ではなくて。

「帰らなきゃ」と言った。宗清はようやく手をほどいてくれた。

もう深夜だったのでそうっと鍵を開けたのに、母親が玄関まで出てきた。

「ただいま。ごめん、遅くなった」

「それはいいんだけど――」

母はすこし言い淀んでから「靖野のあれに、新しい曲を入れてくれた？」と尋ねた。

「あ、うん」

午前中病院に行き、それ以降は母に任せて夕方まで家で仕事をしていた。だから泉がいなくなってから、シャッフルリピートに設定されたプレイヤーが「Born to lose」をチョイスしたのだろう。

「いやだった？　ごめん」

「ううん。古い歌だからちょっとびっくりしただけ。泉、どこでこんなの知ったんだろうって」

「たまたま入ったカフェで流れてて」

「そう」

納得していないというか、まだもの言いたげなようすだった。題名にもなっているフレーズが引っかかったのだろうか。軽率だったかもしれない。

「削除しようか」

「どうして？　別にいいじゃない。お風呂沸いてるからね」

「うん」

コートも脱がず、自分の部屋のベッドにばったり倒れると、疲れた、という感慨がじわっとこみ上げてくる。靖野の世話をしていてもこんなふうに思わないのに、宗清といると、感情の振れ幅が跳ね上がるからだろう。鈍い曇天のまま凪いでいた海に突然強い風が吹きつけてきたようだった。

別れ際、宗清はまた「あしたも会える？」と言った。泉はまた何も言えなかった。もう会いたくない、と思う。疲れるし、困る。でもあしたの自分が、会わずにすむよう家に閉じこもったりしないのを知っている。

伏した身体の前面だけぬくもっていくから、背中から抱きしめられていたことを却って強く意識してしまった。

まったく気分が悪い。肉体じゃなくて精神のほう。明け方までIllustratorと格闘したけど仕様書の図解がうまく作れなかったし、それに。

泉は頭の中にリストアップされた食料品を、片手に提げたスーパーのかごへと無造作に放り込んでいく。大根、いちご、瓶詰めのなめたけ、木綿豆腐、釜揚げしらす、牛肉の切り落とし、ヨーグルト……レジに向かいかけたところで忘れ物に気づき、野菜コーナーに戻る。

「そのいちごでいいの？」

豆苗をきょろきょろ探していると、背後から声をかけられた。

「え」

振り向くと、いつの間にか宗清が赤いプラスチックのかごをしげしげ覗き込んでいた。

「ちょっと傷んでる」

言われて確かめると、果実のいくつかに、ぶよっと茶色く変色した部分があった。熟しすぎて腐敗にさしかかった、そこだけ時間の流れが違ってしまったような。

「……そうですね。取り替えてきます」

「ついでに肉も見てくれれば？　それもあんま色がよくない」

「人の買い物かごの中じろじろ見るもんじゃないですよ」

「まったく知らない人だったら見ないって」

きっと泉が上の空だったのに気づいて、ようすを窺っていたのだろう。宗清のかごにはパックの牛乳がひとつ入っていた。

「それだけ？」

「冷蔵庫小さいから、ちまちま買い足すようにしてんの。ほら、流しの下に、ホテルにあるようなのついてただろ」

「牛乳ならコンビニでも売ってるのに」

「意識して遠出しないと運動不足になる。何だかんだ、東京にいると歩くよね。地下鉄の駅とか、出口までえらくかかったりするし」

会計をすませて袋詰めを終えると、泉は宗清に「送っていきましょうか」と尋ねた。

「いいの？」

「あ、でも運動の機会を奪っちゃいますよね」

「そーゆーこと言う？」

「俺、性格悪いんです」

「あ、うん、何となくわかってきた」

「はっ……？」

「いやおかしいおかしい、何で同意してんのに怒るんだよ」

宗清は泉のレジ袋をさっと持つと「じゃあ、うちでコーヒー飲んでってよ」と言う。

『じゃあ』の意味もわかんないんですけど」

「今度はちゃんとふたりっきりだから」

「その話、今度蒸し返したら怒ります」

宗清を乗せ、自宅経由で荷物を置いてから宗清のマンションに向かった。サイフォンで淹れてくれた熱いコーヒーはおいしかった。

「サイフォン、わざわざ家から持ってきたんですか？」

「アルコールランプついてるのがキャンプっぽいだろ。いいなと思って。働いてるとなかなか悠長にコーヒー淹れてらんないしさ。こういう時に活用しないと」

「粉も持参？」

「『西海岸』のマスターが挽いてくれたやつ。あそこ、前はモーニングもランチもやってたんだって？　今もしてくれたらいいのに」

「……以前は、弟が手伝ってたんで」

「ああ、そうか」

ふたりも雇い入れる余裕はない。誰かを雇えば靖野が戻ってくる場所が減ってしまう、でも靖野が戻ってきたからといって「誰か」をお役御免にするなんてできない――人のいいマスターらしい気遣いだった。言葉にされたことはないが、靖野と親しかった人間はそう理解している。いつ戻ってくるか見当もつかない、以前と同じ靖野なのかどうかもわからない、そんなことはマスターも承知の上で黙って待っていてくれる。

待たないでください、とは、泉からは言えなかった。

「前飲んだ時はコーヒー出てこなかったのに」

気を逸らすため本気じゃない文句をつけると「失礼な」と言い返された。

「タルト出す時ちゃんと勧めたよ、コーヒーどう？って。そしたら泉さんも真帆ちゃんもまだ飲みたいからいいって」

「……そうでしたっけ？」

「そうだよ！　酔っ払いめ……」

お茶請けに、と出されたのは小粒の干菓子だった。

「これ、駅裏にある和菓子屋の。スーパーのレジのお姉さんがおいしいですよって教えてくれた」

「まめにいろいろ行きますね」

「好きな場所は多いほうがいい」

でもそのうちに宗清は帰ってしまう。泉は、真帆のように屈託なく「ここにいて」なんて、冗談でも口走れないだろう。どんなに酔っ払っていても。

花のかたちをした淡い色の干菓子をぽりぽりかじって、宗清が「あのさ」と切り出す。

「スーパー行く時、駅前通るじゃん」

「はい」

「で、きょう、改札んとこで泉さん見た」

「ああ……」

泉は宗清を軽くにらんだ。

「ストーキングすんのやめてもらえます？」

「濡れ衣だ。通りかかった時に目撃して、その後スーパーに行ったら、また泉さんがいただけの話だろ。こっちこそ先回りされたような気分だったのに」

宗清が徒歩で向かう間に泉が車で追い越していたのだろう。それにしても気まずい現場を見られた、と苦々しく思っていると、そこをずばりと突かれた。

「ていうか、公衆の面前で女の子泣かすとか、やるなー」

「勝手に泣いたんですよ！」

反論してから、我ながらひどい言い草だとトーンを落とした。

「……弟の、高校時代の同級生です」

靖野の事故を知ったと実家に連絡してきたのが三、四日前。お見舞いに行ってもいいですか、という申し出を断る理由はもちろんない。一応、高校の卒業アルバムで顔と名前は確認した。弟の個人的な持ち物に触れる時の抵抗感はいつしかうすれた。

「駅まで迎えに行って、病室に入ってもらった瞬間からもう号泣ですよ。それから小一時間泣きっぱなし。もちろん帰りの車でも駅の改札でも」

「そんなに泣くってことはつき合ってたの？　片思いしてたとか？」

「片思いはどうだか知りませんけど、つき合ってはないと思います」

「何で？」

「誰と仲いいとか、学校で何があったとか、逐一報告してくるタイプだったんで。バレンタインのチョコいくつもらった、とかも」

弟は高校の三年間を東京の寮で過ごしたが、泉も大学進学で上京したから離れ離れになった実感はそんなになく、両親にもしょっちゅう電話やメールをして「近況報告は嬉しいけど自分のことちゃんとやってる？」と母親が心配するほどで——今にして思えば、何てぜいたくな。

「つっても本命はまた別だろー。若い男は、家族に言えないあれこれがないと」

どことなくいなすような宗清の口調にむっとして「秘密がなかったなんて思ってませんよ」と反論した。

「でもあの子は……ああ、いいやもう、俺性格悪いし言いますけど、もしあれとつき合ってたんなら趣味疑っちゃうからやだ」

吐き出した言葉と裏腹に、舌の上の干菓子は涼やかに甘い。宗清が興味津々の表情で「何で」と促した。

「だって見舞いって普通気を遣うでしょ。こっちは結構忙しいんですよ。他人に見られたくないケアもいろいろありますし。それを、招待客みたく椅子に座って延々べそかいてるって……。母親なんかすっかりおろおろしちゃって『ごめんね大丈夫？』とか背中さすってましたけど、俺は全然そんな気になれないし」

比べるべきではないのかもしれないが、真帆はせいぜい十五分ほどで帰るし、泉や母の前でおおっぴらに泣いたりもしない。

「そんなにショック受けるなら来なきゃよかったのに」

「実際目の当たりにしたら、予想以上にショックだったんじゃないの」

「だとしても……」

すこし冷えてきたマグを両手でくるむ。

「変わり果てて見えたのかもしれないですけど、俺たちにとって靖野は靖野で、動けなくたって、しゃべれなくたって……」

「うん」

加えて、改札で見送る時「私、今度結婚するんです」と謎の報告があった。

――だから、最後に和佐くんに会えてよかったです。

何だよ最後って、うちの弟がもう死ぬとでも言いたいのか、自己満足で一方的な思い出を清算しに来ただけか、と悔しくてならなかった。

でも、泉が靖野のためにしているのも自己満足には違いない。靖野の本当の望みは誰にもわからないから、自分なりに精いっぱい世話をするだけだった。あまりにも手加減のない彼女の涙に、自分たち家族の二年間を否定されたような気持ちになった。靖野は不幸だ、と。

宗清は両手を腰の後ろについて大きく喉を反らしたかと思うと、「あ」と声を上げる。

「見て、すごい空」

「え？――ああ、ほんとだ」

ベランダの向こうに開けた空は、高いところが澄んだ紺色に、低いところは完熟の果汁を搾ったようなオレンジに染まっていた。その間には横に長い雲が延々とたなびき、時間そのものが昼と夕焼けの二層にぱっきり分かれているように見える。

「あんな感じかもね」

同じ空を、逆さまに見ている宗清がつぶやいた。

「何がですか」

「雲に隠れて見えない部分では、青からオレンジがだんだん混ざり合ってちゃんとグラデーションになってるんだけど、その、きょう来た女の子には『過程』が存在しないだろ。だから青だと思ってたものがいきなりオレンジになってたような驚きだったんだよ」

「……それは、理解できますけど」

「今まで弟くんのこと知らなかったんなら、それなりに遠くに住んでんだろ。時間とお金かけて会いに来てくれたんだなっていう、その気持ちだけ覚えとけばいいんじゃないの。単純なコストに対する感謝をさ」

そうそうさっぱりと気持ちを切り替えられるものでもないが、確かに宗清の言うとおりだと思った。怒りを引きずれば「むかむかすることにむかむかする」という自家中毒に陥るだけで、ひとつもプラスにならない。今までなら打ち明ける相手すらいなくていっそうやり場のないいら立ちを持て余していたところを、宗清に吐き出したおかげでだいぶすっきりできたのだから。

　宗清といると、きちんとしなければ、とか、弱っているところを見せてはいけない、という身構えが消えてしまう。むしろ積極的にずるさや黒さをさらして安心している節があった。よそ者の男を、感情の濾過《ろか》に都合よく利用しているだけなのだろうか。

「黙っちゃったな」

　宗清が泉に向き直る。

「そんなの無理って思ってる？」

「いえ……叶さんは大人で寛大だと思ってた」

「買いかぶってんね」

　繊細な砂糖菓子は宗清の指から口元へと運ばれ、前歯の間でかり、とちいさな音を立てる。軽くて乾いてかわいい音。なぜかそれを聞いた時、泉は腰のあたりがむずっとしてかすかにみじろいだ。存在しないはずの尻尾を噛まれたような感じだった。宗清の歯は白く、すみれをかたどった菓子は淡く青かった。とっさにマグカップへ視線を落としたから、宗清が気づいたかどうかはわからない。

「寛大つーか、単純に機嫌よくてやさしい気分なだけ」

「何かいいことあったんですか？」

「泉さんの彼女じゃなかったんだと思って」

「は？」

「男女が駅で向かい合ってて女が泣きじゃくってたらそう考えるだろ？」

軽快すぎる口調は相変わらずどこまで本気なのか定かじゃないし、腹を立てるより呆れ返ってかくりと頭を落とした。

「何言ってんだか……そんな人いないって前言ったじゃないですか」

「それがほんとかどうか俺には確かめる方法がない」

「俺が嘘つくと思ってたんですか？」

「とっさに否定しちゃう時ってあるし、嘘が絶対に悪いことだとも思ってないし」

邪推を詫びるでもなくのらくら返してくるから「いるわけない」ときつめに言った。

「こんな時に彼女がどうのとか思えませんよ」

「何で？」

不意に、射るほど鋭く眼差しを絞る、宗清のこういうところは本当に心臓に悪い。

「容態のよくない身内を抱えてたら、恋愛もしちゃいかんて意味？」

「いけないなんて……そうじゃないですけど、今はキャパいっぱいで考える余裕がないって意味で。万事が弟優先になっちゃうから、何もしてあげられないと思うし」

「そっか」

詰問めいたさっきの空気が嘘みたいに、またからっと明るい宗清に戻る。

「だったらいいけど、何か泉さんって自分を強迫的に追い込んでるように見えるからさ」

　ここから遠く離れていってはいけない。恋愛なんてしてはいけない。

　だって、靖野は何もできずにここで眠っているんだから。

「……違います」

「俺の勘違いか、ごめんね」

　あからさまに強張った泉の返答に突っ込むことはせず、さっと引いてみせる。食い下がってほしかったわけじゃないが、その賢さをいまいましく思った。凧揚げの糸を手元で操るように、誰とでもこうやって自在に距離を調節しながらうまくつき合っていくんだろうと想像できたから。

　何か俺、バカみたい。

　泉が黙りこくると宗清は「コーヒーもっと飲む？」と尋ねた。

「結構です」

　もうカップも空だし、洗濯も夕飯の支度も残っている。だから、ごちそうさまでしたとおいとまするタイミングのはずなのに、泉は何となく立ち上がるきっかけを摑めないでいた。ただむっつり座っていると、宗清が「あのサイフォン」と口を開く。

「おととし、友達の結婚パーティで当たったやつなんだけど、去年離婚したんだよね。正味一年保たなかったかな」

「早いですね」

「俺、新婦とも仲よかったんだけど、離婚は女のほうが大変ってぼやいてた。あらゆる書類の名義変えなきゃいけないから。結婚なんか面倒なだけ、しなきゃよかったとか言うの聞くと、正直いい気分はしない」

「……結婚できないのって、つらいですか。あの、制度として認められてないって意味で」

「つらいっていうか、自分とは無縁なものだって思ってるから、結婚に対するイメージってあんまない。ただ、今自分が急にぶっ倒れて手術するはめになったら同意書って誰が書いてくれんのとか、入院の保証人とか、そういうことを母親が死んでからすごく考えるようになった。『ひとり』って、まず単純かつ具体的にものすごく困るんだよ。この先もっとシビアに考えるようになるんだろう」

順番どおりなら親は先に死ぬ。その後、自分の土台部分を一緒に支えてくれる相手はいるのか。

「同性同士だと養子縁組とかって聞いたことありますけど」

「それって仕組みを利用させてもらいますって話だから——何だろう、個人的に若干違和感があるっていうか、別に『親子』になりたいんじゃないって。頑固いんだよ」

すぱっと割り切りそうなのに、意外だった。でも宗清の思いがけない不器用さが泉には嬉しかった。結婚にイメージがない、と言いながら、誰かと家族になるということをすごくきまじめに受け止めている。

「いろいろ、書類と判子の問題は弁護士なり司法書士なり通せばクリアできるし、いずれちゃんと整えようと思ってるけど……うん、まあ、寂しいんだな、俺は。つらくはないけど寂しいよ。すごく寂しくて、だからここに来たんだ」

いつの間にか、窓を背にする宗清の影がテーブルの上に横たわっていた。宗清が暗い表情をしていないからこそ、その影の濃さが泉を肌寒くさせる。

「どういう意味ですか？」

ここに何か、目的があって来た？　悠長に過ごしているようにしか見えないのに。

「片づけよっか」

宗清は質問に答えず、カップをふたつ持ってキッチンに向かう。そのはぐらかし方はないだろう、泉は「叶さん」と抗議を込めて呼びかけた。宗清は軽く肩をすくめる。

「寂しい人間は海に行くもんだろ？」

「聞いたことない」

泉も立ち上がったが、手伝うほどの量でもないし流しは狭い。鼻歌を歌いながらスポンジをぎゅぎゅっと泡立てて握る宗清を傍観していた。

「――弟と」

「うん？」

「弟とも結婚の話、したことあります」

「へえ」

「事故の前の夜。今のところ、それが最後の会話です」

そこで宗清の横顔がぱきっと緊張し、珍しく迷ったふうに泉を見る。もっと深く訊いたほうがいいのか、さらりと流してしまったほうがいいのか決めかねているようだった。

「コーヒー、ごちそうさまでした」

床に丸めて置いたコートを抱えて宗清の部屋を出た。雲はもううすれ、空は黒から青へのグラデーションだった。遠くの建物の輪郭だけがわずかに橙《だいだい》ににじんで見える。あのずっと先は、またどこかの水平線へと続いている。

車に乗り込み、キーを挿してエンジンをかける。

恋人は何人かいた。いちばん長く続いた相手とは大学のゼミが同じで、就職してからもつき合っていた。照れくさくて引き会わせたことはなかったが、靖野も存在は知っていた。でもあの事故から週末ごとに慌ただしく実家と東京を行き来するようになり、実家に引っ込む決断をするに至って別れた。靖野の容態ばかりが頭を占め、ほったらかしにしている詫びさえ満足に伝えられていなかったし、Uターンについても事後報告というありさまだったから、向こうもその頃には愛想を尽かして「そう、元気でね」という程度の反応だった。

しばらくして、共通の知人から、あの子こんなこと言ってたよ、と教えられた。

——結婚する前でよかった、寝たきりの家族がいるとか絶対無理……。

ご丁寧にSNSのキャプチャがついていたので疑う余地はない。それを見た時、泉は本当に悪かった、と遅い反省をした。他人が覗ける場で吐き出させてしまったのは俺だと思った。きちんと一対一で向き合っていればよかったのに。

自分からはっきり言うのは怖かった。見通しが立たない弟の傍にいたいから別れよう、と。不確かな将来を直視できなかった。ろくに会えない状態で継続を望む勇気はさらになく——というか、混乱と疲労で、そもそも彼女とつき合っていきたいのかすらわからなくなっていた。好きだったし、長く一緒にいたいし、デートもセックスもしたのに。

向こうが察して呆れて振ってくれたらいい、という卑怯な期待は叶った。でも彼女は深く傷ついて泉を憎んだ。だから自分の評判が下がるのを承知でSNSに書き込んだのだろう。泉の耳に届くのを、むしろ望んで。回りくどく時間差であなたも傷つけばいいと。それ以降、泉は地元以外の人間関係をすこしずつ断っていった。その場しのぎで衝突を避ければ、もっと悪いかたちでつけが回ってくる。それなら、傷つく余地も傷つける余地も少ない人たちとだけ一緒にいたいと思ったから。

ちゃんと話せばよかった。ちゃんと聞いて、ちゃんと答えればよかった。

後悔は、いつも遅い。

家と反対の方向にハンドルを切り、病院へ向かった。

「どうしたの？　忘れ物？」

病室に入ると、靖野の夕食の準備をしていた母親が驚いて泉を見る。

「いや……何か、靖野の顔見たくなって。代わってもらっていい？　家のこと、何もできてないんだけど」

「いいけど……どうしたの？　あのお嬢さんと何かあった？」

「ないない。普通に駅まで送っただけ。干物になりそうなくらい泣いてたけど、慰めようもないし」

「そうねえ」

母は帰り支度をしながら「靖野の飛び込みが好きだったんですって」と言った。

「そうなの？」

「泉が看護師さんと話してる時、言ってた。きれいでかっこよかった、海に潜ったりしないで、高飛び込みだけやっててくれれば……って」

こんなことにはならなかった？

「でも高飛び込みだって危なくないわけじゃないしねえ、そんなこと言い始めたらおちおち車にも乗れない」

一瞬落ちた濃い沈黙を取り繕うように、母はことさらのんきにぼやいてみせて「じゃあお願いね」と出て行った。泉は椅子にかけ、細くやわくなった弟の手を両手で包む。

「……靖野……」

部屋に流れる音楽、ばたばたと廊下を行き交う足音、隣の病室のテレビ、院内放送。どんなに耳を澄ましても弟の声はその中にない。答えがない呼びかけにも慣れたはずなのに、今はひどく応えた。

手を握って目を閉じている間に一曲が終わり、ほとんど間を置かず次がチョイスされる。どうしてこんなタイミングで流れるんだろう。「Born to lose」。

翌朝の空は、すばらしかった。夜明けの光はまだ海中にあるようにぼうっとくぐもっていたがそのぶんやさしく夜の底を照らし、天頂から街を覆う深く澄んだ青は、この先には確かに宇宙が広がっているのだとごく自然に信じさせてくれる。

取り残されたように儚く光る星をひとつ、ふたつと数えているうちに、どっか行きたい、と不意に強く思った。用事を処理するためでなく、ただどこかへ出かけたい。今までと違う景色が見たい。泉は携帯に手を伸ばし、宗清にメッセージを送った。

『起きてますか』

返信がくるまで五分とかからなかった。でもその数分は、水鉄砲みたいにぴゃっと噴き出したささやかな衝動を冷ますには十分で『起きてるよ。どうした？』という問い返しに、答えられなくなった。起きてたからどうだっていうんだ。何て言うつもりだったんだ。どこか遠くへ遊びに行きませんか？　そんなバカな。

でも『我に返ったのでもういいです』とは、いくら何でもひどい話だ。どうしようか。LINEのふきだしを一文字も埋められないまま思った。俺は、叶さんを利用してるというよりは、叶さんに甘えてる。

期待させるかもしれないのによくないんじゃないか。……いや、自意識過剰だよ。向こうはからかって遊んでるだけだろうし、俺もその気はないってちゃんと言ってるし。本気で口説かれる心配なんかしたらそれこそ笑われるかも。

考え込んでいると、業を煮やしたみたいに電話が鳴った。取らないわけにいかないだろう。

「はい」

『おはよう。どうした？』

同じ質問をされ、泉は正直に白状した。

「いい天気だったんで、むしょうにどっか行きたくなって」

『ああ、いいじゃん』

宗清は明るく言った。

『行こうよ。北海道？　沖縄？　ハワイ？』

本当に連れて行ってくれそうだから困る。宗清は泉を困らせる。宗清にしかできない困らせ方で。

「無理ですよ。ていうかすいません、冷静になりました。病院行かなきゃだし、ちょっとどうかしてたっていうか」

『じゃあ病院行く時間までででいいから。いつもの、海岸じゃないとこにしよう。展望台でもホムセンでも』

「開いてないですよ」

『ドライブスルーでめし買ってホムセンの駐車場で食べるとかでもいい。こないだ行ったカフェのモーニングでもさ、とにかく、ちょっとだけ普段と違うことしよう。せっかくだから』

　この時、きょうは弟をほかの人に任せてもいいじゃないかとか、日を改めて計画を立てようと提案されたら、きっとがっかりしただろう。泉は「きょう」どこかに出かけたかったし、靖野の世話をおろそかにしたくもなかった。宗清が、その両方を理解し尊重してくれたのが嬉しかった。

『どうする？』

「行きます」

　泉はもう迷わなかった。


　宗清はマンションの入り口で待っていた。隣接した駐車場に車を停め、急いで出る。本来は宿泊者専用だが、がらがらだし、真帆も真帆の家族も泉の車を知っているからまあ大丈夫だと思う。

「すみません」

「いや、今下りてきたとこ」

「そうじゃなくて……」

ややためらってから続ける。

「俺、やっぱ前に言われたとおり、めんどくさい性格なのかなって」

出かけたいと言ったりやっぱりやめると言ったり。宗清が柔軟に対応してくれるからいいようなものの、別な相手ならきっと怒らせている。

「え、自覚なかったの？」

わざとらしく驚いてみせるから、謝ったばかりなのにむっとした。

「ないですよ。人から言われたこともないし……」

そうだ、そもそも宗清以外の誰かにあんなメッセージを送らないだろう。もっと言えば宗清と出会っていなければ「どこかへ行きたい」と、何かのお告げみたいに思ったりもしなかったかもしれない。

この人がいなくなったら俺はどうなるのかな、と想像してみる。特に変わらない。病院に行って働いて気安いテリトリー内で息抜きして。これまでと同じ日常。そもそも自分は、甘えたりわがままを言ったりするたちじゃなかった。さざ波が止んでまた凪に戻る、それだけのはずだ。

「……叶さんが悪い」

乱暴な言い分を、宗清はむしろ喜んだ。

「俺限定でめんどくさいの？」

「人をめんどくさくさせる何かがあるんじゃないですか」

「むしろ逆だと思ってるけど。俺はいやなことも無理なこともはっきり言うし……ていうかどこ行きたい？　立ち話で時間使ったらもったいない」

「あ、えっと、徒歩でもいいですか？　三十分もかからないと思うし、車停めるとこないから」

「俺はいいけど、近所じゃん。それで気がすむ？」

「はい。長いこと行ってないので」

海岸とは逆の方向へ、泉が先導するかたちで歩く。ゆるい坂を登り、コンクリートがじぐざぐに延びる階段をマンション四階ぶんぐらい上り、団地を抜け、公園を横切る。散歩にしてもつまらないコースだと思うが、宗清は黙ってついてきた。そうだ、宗清はいつも後ろについていてくれる感じがする。追いつくでも追い越すでもなく、無理に会話しようとするでもなく。そうして泉が止まったら止まり、歩を速めればペースを上げて、顔が見えなくても泉の心を気遣いながら。泉がどんな気持ちの時でも、振り返れば笑っていてくれて。

この人について、まだ何も知らない。家族構成と、同性と恋をするらしいことと、ウルトラマリンの由来を知らなくて雪平鍋が好きで。

明るくて強いけど、すごく寂しくて。

今、立ち止まって振り向き、尋ねたら教えてくれるのだろうか。

どうしてここを旅先に選んで、いつまでいるつもりなのかとか。人のことばっかり気にしてるけど、東京で待ってくれている人はいるんですかとか。

目的地が見えてきた。訊いてどうすんだか、と好奇心とも不安ともつかないざわざわする考えをスニーカーの底でにじるように強く踏み出し「あそこです」と指差した。

「学校？」

「はい、小学校」

敷地を取り囲む塀をぐるりと迂回すると一部が途切れてフェンスになっていて、金網の向こうはプールだった。

「あ、すげえ、飛び込み台ある」

正確にはスプリングボード、飛び込み「板」だ。ごくありふれた二十五メートルプールの横に、高さの違う二枚の板がせり出す飛び板飛び込み用の深いプールが並んでいた。

「え、普通の公立小だよな？　何でこんな豪華なもんが」

「自治体の補助金と、ＯＢがオリンピックに出場して、いろいろ寄付があったみたいです」

靖野が小学校に上がった年に完成し、夏休みには引退したＯＢを講師に呼んで飛び込み教室が開かれるようになった。ものごころついた頃から海で遊んでいた弟は水を怖がらなかったし、飛び込みもためらわなかった。あっという間に上達し、高学年からは周囲の勧めもあって車で一時間かかるスイミングクラブまで通って本格的に習い始めた。

そしてもっと高く、と飛び板飛び込みから高飛び込みにシフトし、高校を卒業して高くから飛ぶのをやめた後は反動みたいに深く潜るほうにはまっていったのだった。

「近くで見ると、結構な高さだね」

金網に指をかけ、隙間に鼻先を突っ込むように宗清が覗き込む。

「低いのが水面から一メートル、高いほうが三メートルです」

「へー。……で？」

「何ですか」

「このプール見に、わざわざ来たの？　いや全然いいんだけど」

「卒業以来、立ち寄ってなかったんで」

今は廃止されたらしい消毒ゾーンにシャワー、ビート板やコースロープがしまわれている倉庫。変わってないな、と感慨に浸るほども覚えていないというのが正直な感想だった。泉は靖野と違って、水と親しむスポーツにまるで興味がなかったから。

「きのう、見舞いに来てくれた子が言ってたらしいんです。飛び込みしてる時の弟がかっこよくて好きだったって。それ聞いたら、久しぶりに覗いてみたくなっただけで。いつもと違う道歩いて、いい気晴らしになりました。つき合ってくれてありがとうございます」

来た道を戻ろうとすると、「おいおい」と肩を摑まれた。

「せっかくなんだから、もっと近くで見ていこう」

言うが早いか宗清はフェンスに飛びつき、だしゃだしゃ音を立てながらよじ登り始めた。

「叶さん！　まずいですよ、見つかったら」

「きょう土曜日だしまだ早朝だし、誰も来ないよ」

「けど、そんな」

「見つかったって、説教されておしまいだろ」

「不法侵入で警察呼ばれるかも」

「そん時は、卒業生の泉さんが『つい懐かしくて』って言い訳して」

「俺のせい⁉」

「地元の人間がいれば情状酌量されそうだし。何なら当時の先生とかいないかな？」

「卒業してから何年経つと思ってんですか」

言い合っている間に宗清はあっさりプールサイドへ降り立ち、格子模様の間から指を伸ばして得意げにしている。これは何を言っても無駄だなと諦めて泉もフェンスに足をかけた。もし見つかったら、自分だけは地の利を駆使して逃げ切ってやる。

「お、ちゃんと水張ってある。……これ、深さどれくらい？」

宗清がのんきに飛び込みプールを覗き込む。

「五メートル。あの、ほんとにもういいですから出ましょうよ。こういうの落ち着かない」

「平気平気」

まったく安心できない気休めを言いながらこともあろうに短い階段をとんとん上がり、

三メートルの飛び込み板に踏み出した。

「叶さん！」

「やっぱ高いな」

「下りてください、危ない」

「大丈夫だよ、水入ってんだから。風邪引くかもしれんけど。足踏み外すような幅でもないし」

「駄目です」

「そっちこそ大声出しちゃ駄目だって。そんな血相変えなくても。泉さんだって昔はばしゃーんってやってたんだろ？」

「……やってないです」

小声で答えた。

「え」

「そっちは希望者のみなんで。そんな怖いことするわけないじゃないですか」

「弟はやってたのに？」

「それは関係ないでしょ」

「ふーん」

宗清はアルミ合金でできたスプリングボードの弾性を確かめながら一歩一歩進み、すぐに長さ四・八メートルの真ん中あたりまで到達するとくるりと回れ右して、幅約五十センチの板にまたがって座る。

「あーもうやだ、ほんとやだこの人！」

置いて帰りたい、むしろ置いて帰らない自分がふしぎだ。

「泉さんもおいで」

「だから無理ですって」

「座ったままでもいいから、ほら。怖くない怖くない。泳げないわけじゃないんだろ？」

「それでも怖い」

「俺がついてるよ」

「何かしてくれんですか」

「抱き合って落ちよう」

「論外……」

いい天気に誘われてちょっとした逸脱を楽しむだけのはずだったのに、こんな展開って。どうやって引きずり下ろしたものかと宗清を見上げ、にらんでいると、宗清はふっとやさしい顔になって、言った。

泉、と。

「泉、大丈夫だから。ゆっくりおいで」

大丈夫って何だよ。何をどう保証してくれるんだ。言い返す言葉はいくらでも湧いてくるのにひとつも口から出ることはなく、泉はゆっくり階段を上るとボードの根元で腰を下ろした。

「え、もう座んの？」

「座ったままでいいって言ったでしょうが」

そのまま跳び箱の要領で両手を前につき、腕の力でずりずり前進していく。足の下で青緑に濁った水がゆらめいてめまいがした。

「下見ないほうがいいと思うよ」

能天気なアドバイスに「見ないのも怖いんです」と返すのがやっとだった。高層ビルや展望台のたぐいは平気だが、こんな手すりもないオープンエアはちょっと。しかも弾むように作られているから、身じろぐたびに荷重でボードがしなるのがわかる。宗清は怖くないのだろうか。大人ふたりぶんの体重でばきっといったりしないだろうな。手のひらや背中がうっすら汗ばんだ。

亀の歩みで移動し、宗清の膝が視界に入った時は心底ほっとした。

「よくできました」

「何かむかつく……」

はーっと息を吐いてようやく顔を上げると、宗清が「ほら」とフェンスのずっと向こうを指差した。

「あ――」

「板の上に乗ったら、海が見えるんだな」

木々や住宅の間から、ほんのすこしだけ水平線が覗いていた。朝陽はもう水の中を抜け出し、海を光で満たしている。

「先端まで行けばもっと見えそう」

「……知らなかった」

泉の希望はあっけなく叶った。こんな近くに、見たことない眺めがあったなんて。今までと違う景色。宗清が見せてくれた景色。幼い靖野が見ていただろう景色。

「こっから飛んだら、海に飛び込んでくような気持ちだったのかもね」

「そう、かな」

靖野、そうだったのか？　教えてくれ。どっちでもいいから、返事をしてくれ。

近くに海がある。もっと近くには、弟によく似た顔が。よく似ていて違う顔で泉を見て、笑っている。こらえようという意志も働かないほどあっという間に涙がこみ上げてきて、こぼれた。うなだれた先にある自分の手がみるみるゆがんでぼやける。

「泉さん」

また元の呼び方に戻る。

「ごめん、連れてこないほうがよかった？」

泉はかぶりを振る。その拍子にまたボードは揺れる。つま先は地面を捉えない。こんな板一枚の上で向かい合って空中に突き出している。

「俺、見たことなくて……弟の高飛び込み」

「一回も？」

「一回も……失敗したらどうしよう、けがでもしたらって思うと、怖くて」

ものの二秒だよ、と靖野は呆れていた。そんなこと考える間もなく終わってるから、と。

「大会とか、見に来てって言われても行かなかった。どうしても無理だった。後から録画見るのも拒否した」

だから覚えているのは「泉は心配性だからなー」と困ったように笑う弟だった。

「何で見に行ってやらなかったんだろう。赤の他人の『いい思い出』みたいになって、何で俺は」

無理やり言葉を切ってごしごし目をこすり「いやんなる」とひくくつぶやいた。

「あれもしてやりたかった、これもしてやりたかったって考え始めたらきりないのわかってるから、必死でストップかけてんのに」

「こぼれちゃった？」

頷く。

「『叶さんが悪い』？」

もう一度、さっきより大きく。

「困ったなー」

口調は至って軽く、膝と膝のぶつかる距離で見つめた宗清の顔は、案の定「困った」からはほど遠い。「嘘つき」と責めるとせっかく堰き止めた涙がまたぼろっと落ちた。

「嘘じゃないって。……泣かすつもりなんかなかったのに」

「こっちだって、泣くつもりなんか」

「うん、わかってるよ」

自分でするよりずっと丁寧な手つきで目元を拭われる。このタイミングではやめてほしかった。絶妙に距離を置いてくれるからありがたかったのに、傍に来られたら止まらなくなる。

「叶さんにはわかんないです」

泉の後悔、泉の秘密。

「そうかもしんないけど、わかんなくても、わかんないの知ってても『わかる』って、俺は言う。それは嘘にならないと思う」

「意味わかんないし……」

泉は「わからない」と言う。わかっているかもしれなくても。だってそっちのほうが安全じゃないか。

やめてほしい。そんな強い言葉は、強い瞳は。

ぐらぐら揺れて、落っこちてしまう。

怖くて目を閉じた。すると唇にあたたかなものがかぶさってきた。それが宗清の唇だったとはっきり認識した時にはもう、離れてしまっていたけれど。

「好きだ」

そう言った宗清の顔は近すぎて焦点が合わない。その後ろで雲ひとつない空がどこまでも突き抜ける青さで、あきょうは本当に、本当にいい天気だと思った。

突然のキスの効能といえば、びっくりして涙が止まったことだろうか。宗清の向こうに広がる青空へと固定されていた視線のカメラの端に、ちいさく動くものを捉える。たぶん、放心していたからこそ気づいたのだろう。

遠くから近づいてくる人影。

まだこちらを見ている気配はなさそうだが、このまま直進してくればフェンス沿いの道に差しかかるはず。

「やば――」

泉はさっと体勢を変えて立ち上がった。

「人、来そう。隠れなきゃ。叶さんもさっさと立って！」

「あ、はい」

まだ悠長にしている宗清の手を早く早くと引っ張って立たせ、短い一方通行の橋を戻って階段を下り、すこし迷ったがゆるく傾斜した消毒槽へと逃げ込んだ。コンクリートの土台が浅い台形に抉れているゾーンには子どもの腰までの深さで消毒液が張ってあり、シャワーの後でそこに浸かってから泳ぐ習わしだった。

「出てかないの？」

「今フェンス乗り越えたりしたら確実に目撃されるじゃないですか」

空っぽの浅い消毒槽に座り込むと、しみついた塩素の匂いが鼻の奥を刺激する。宗清は隣に腰を下ろし、膝の上で組んだ腕の中に顔を突っ込んで忍び笑いを洩らした。

「何ですか」

「逃げる時、超早業だったなって思い出して。火事場の馬鹿力ってああいうこと？」

そういえば、どんな手順を踏んで脚を持ち上げ、立ち上がったのかまるで思い出せない。もう一度やれと言われたって絶対無理だ。

「上ってくる時、あんなにおっかなびっくりだったのは何なんだよって……」

小刻みに揺れる肩を軽くはたいた。

「元はといえば叶さんのせいじゃないですか！　俺は止めたのに！」

「でもいい景色見られただろ？」

「それは――」

そう、というか、さっきのあれをどう処するべきなのか。告白、されたよな？　頭の中で一部始終をリプレイすると今さら心臓が膨張したみたいにどきどきしてくる。どきどきする筋合いないだろ、冷静になれよと言い聞かせるほどに鼓動は速まった。二年も色恋と無縁で、今後も展望が拓けるとは思っていなかったし望んでもいなかった。両親は口に出さずとも気にしているが、弟をおろそかにしてまで恋愛を楽しみたいなんて本当に思っていなかった。

だってたかが恋だろう。もっと大事なものがあるだろう。

それをこんな、知り合って一ヵ月も経たない男からの、本気のほども怪しい言葉とキスひとつで動揺してしまう自分が情けない。でも情けなく思いながらも細胞がざわしているのを感じる。生理とか肉欲とすこし違うところで、人間の身体は欲する仕組みなのだろうか。自分以外の誰かから特別に大切に思われたいと。それをかたちにしてほしいと。

泉の葛藤など知る由もない宗清は空を見上げて「きれいだなー」とつぶやいた。

「空って、高所で見るのがいいと思われがちだけど、低くへこんだとこから仰ぎ見るのもよくない？　むしろ地べたからの眺望を推していきたい、俺は」

「何熱弁してんですか」

つい、笑ってしまった。そうしたらまた宗清の顔がぐっと近くに来て、のしかかるようにくちづけられた。コンクリートについた両手はつめたく、体重をかけられたせいで手のひらに砂粒が食い込んでちくちくする。さっきの掠《かす》め取るようなキスと違って長かったし、圧迫感があるぶん怖かった。自分より体格のいい同性に迫られるのが初めてだったから、女の子もこんなふうに怖いのかなと思った。

こんなふうに怖くて、胸はどんどんと無茶苦茶に鳴って、口の中で味わう相手の呼吸が熱くて、身動きも取れないのか。

自分の身体が、ぱたんと展開されるみたいに地面に伸びた。パーカーのこんもりしたフードが枕代わりになったから痛くはなく、ただ背中がひんやりした。唇は離れてはまた触れてきた。何度も。泉はゆっくりと両腕を持ち上げる。宗清の体重より、自分の腕のずしりとした重さをなぜか強く意識した。普段当たり前に動かしているけれど、それなりの質量があるパーツだ。

他人の腕を持ち上げているような違和感。たとえば靖野の？——違う。靖野の腕はもっとずっと軽い。何年もかけて蓄積した筋肉があっという間に、溶け落ちたように削げて頼りなくなってしまった。泉はゆるりと上げた腕でいったいどうしたいのかもわからず、リハビリみたいに指を握ったり開いたりしてみた。何も摑めやしない。青いな、と飽きもせずそればかり考えた。きっときょうは、空を映す海もきれいだろう。曇りの日も雨の日も、もっとはるかなところで空の青は不変だけど、海は、空が晴れていない限り青くなれない。

だから靖野はこっちに戻ってきた。近くに海がない場所で空だけが青いのを見るのは物足りないと言って。

——ずるいよって思っちゃう。

——何でだよ。

真顔で同意を求める弟に、泉は笑った。

――寂しいじゃん。

ずるいって、俺も言われた。寂しいって、叶さんも言ってた。靖野が今いる世界に感情というものは存在するのだろうか。

「――手」

音とは、空気をふるわせる振動のことなのだと実感する。近すぎて、唇の表面にびりびり響いた。久しぶりにキスなんかされて神経が鋭敏になっているのがわかった。

「その手さ、どうしたいの」

ささやく宗清の輪郭にも空の色がにじむ。

「殴るでもなく抱きしめるでもなく……ちょっと怖いな」

泉が黙っていると「また弟のこと考えてただろ」と言われた。それには頷いた。

「こんな時でもかあ」

苦笑すると、腕立て伏せの要領で上体を起こしたものの泉の上からはどかずに頭を撫でた。

「……困ります、って言わないの？」

「言ったらどうなります？」

「もっと興奮して襲いかかる」

「絶対言わない」

「残念」

宗清はようやく離れ、元通りに座り直してくれた。そろそろ腕がだるくなってきていたのでほっとした。

「あー……」

後悔とも諦めともつかない嘆息の後で宗清は「泉さんてほんと変わってる」と言った。

「俺？」

叶さんでなく？

「もっと、何すんですかーって怒られんのかと思ってた。むしろそのほうが脈あるかもって思える。何かしら激しい反応してくれたら、そっくり好意に反転する見込みがないじゃないし。でもそんな淡々とされたらさ」

淡々となんてしていない。ものすごく驚いたしうろたえたし――気持ちが高まりもした。ただ行動につながらなかっただけだ。拒まなきゃ、受け容れなきゃ、どちらとも思えず、そして泉は強い義務感みたいなものに背中を押されなければ自分の行動を決められない節があった。

大事なことであるほどそうだ。あれをしなきゃ、これをしなきゃ。狭い世界、限られた人間関係、日毎のスケジュール。その中心で弟が眠っている。ちっとも窮屈じゃない。むしろ知らないところから飛び込んできてあれこれ泉をほどこうとする男のせいで泉は不自由になっていく気がする。怖い。そしてこの気持ちを、どう説明したら宗清に理解してもらえるのか見当もつかなかった。宗清と出会わなければ、ここに来ようなんて思わなかったのに。この世の果てまでまんまと連れ出されてしまったようにおっかなかった。

「……空、きれいだったから」

「くそ暑くて人殺す、みたいな？　あー謎な人、わからん」

泉にとってわからなさというのは恐怖なのに、宗清はひどく楽しそうで腹が立ってくる。

「やばい、本気になりそう」

「じゃあやっぱり今までのは本気じゃなかったんですね」

「え、そこで怒る？」

「勘違いしないでください」

きつい口調で釘を刺す。

「からかわれてたことに怒ってるんです。本気で想ってくれなんていう意味じゃありません」

「からかってるつもりはないよ。ただ、泉さんはヘテロだろ？　俺もじきに東京帰るし、たとえば週末ごとにこっち来るから、真剣に継続的な交際してくださいとか重たいこと現時点で言うのはためらわれる」

聞いてられない。泉は立ち上がった。

「その程度の気持ちなら、言わないで黙っててください。何でそんなふうに軽々しく告白できるんですか」

「泉さんと一緒だよ」

こっちが非難しているはずなのに、宗清は何ひとつ後ろめたくないのだとまっすぐな視線で主張してくる。

「空がきれいで、いい天気で、いい天気なのに泉さん泣くじゃん。さっきまであんなに楽しかったのに。この人の抱えてるものに俺は届かないんだってめちゃくちゃもどかしくて、でも、ちょっとでもいいからこっち見てほしかったんだよ。それはあなたから見て軽率なことか？」

「知りません」

身を翻した。「泉さん」となおも呼ばれる。立ち止まってしまう。どうして無視できないんだろう。自分が優柔不断なのか、宗清だからなのか。

「返事、ちょうだい。わかりきっててもいいから」

恐れないんだ、と思った。拒絶を。俺は怖いのに。ごめんなさいと言ったらもう一緒に海辺を歩いたり、飲み屋のカウンターでしゃべったりできなくなるかもしれない。それは泉にとって痛手だけれど、宗清には、いっときのぼくちみたいな感情と引き換えにしてしまえるものなのだろうか。今、手にしているもので十分だったのに。

口をつぐんでいてくれれば、このままでいられたのに。好きになってくれなんて頼んでない。

「——いやだ」

いやだった。そんなふうに思う自分が。宗清が勝手なら、泉の臆病さだって勝手なのだ。

「帰ります」

今度こそ、声に追いかけられないようダッシュしてスロープを駆け上がり、もう誰に見られてもいいやと派手な音を立て金網をまたいだ。そのまま息もつかず、来た道を走って引き返す。ぐんぐん左右に流れ去っていく街並み。キャパ以上に速く大きく動かそうとする手脚の負荷で乱れる呼吸。身体のせいにしてごまかせるうちはまだいい。

初めて「あなた」と呼ばれた。宗清の声で。他人行儀なようで、ぐっと近くに来られたようで、はっきり責められていたのに耳も頭も胸も騒ぐ。忘れなきゃ。好きじゃない。好きじゃない。好きじゃない。こんなの違う。俺は、だって。

自転車を漕ぎすぎてペダルを制御できなくなる時みたいに、やみくもに脚を動かした。宙へぐっと踏み出せば空に近づけそう、と錯覚するには大人になりすぎた。走っても走っても頭上の青は遠く、ただ見慣れた景色へと帰っていくだけだ。

次の朝、宗清は海岸にいなかった。雨が降ったその翌朝も。傘を差し、いつも以上に足が重たくなる濡れた砂地をじゃくじゃく鳴らして泉はひとり歩いた。

心のどこかで、また何食わぬ顔で現れるんじゃないかと思っていた。期待だったかもしれない。あんなキスも告白も、青空の下で見た夢だったように。走り去る時、顔も見なかった。傷つけただろうか。

でも、と砂をまとって銘柄も判別できない煙草の空き箱を拾い上げた。向こうだって最初から泉の答えは予想できたはずだ。ちいさな嫉妬とか、気を持たせるような態度がこっちにあったとして、それは。

――靖野に似てるから。

靴の溝に、砂粒がぎちっとはまるいやな感触があった。こうなるとなかなか取れない。靴底と靴下を隔てているのに、足裏にぷつっとまとわりつく感覚が消えず人間の身体はふしぎだと思う。髪の毛一本、服の中に入り込んでいるだけで気持ち悪くて落ち着かないし、繊維を裂いたほどのか細いささくれが指先をじくじく痛ませたりもする。そこに意思があるのかないのかわからないけれど、確かに息をし、きょうを生きている弟を含めて。

病院から帰って、懐中電灯の説明書を読み返していた。定番のロングセラー商品だが、デザイン面でマイナーチェンジを施すので齟齬《そご》が出ないよう、いわば改訂の作業をしている最中に携帯が鳴って、泉はさっと手を伸ばした。けれど「マスター」という発信者の表示を見た途端、胸の中で膨れ上がった風船がふしゅうとしぼむ。何を考えてるんだか。もし相手が宗清で、「諦められない」とかの用件だったらどうしてた？

困る。ただ困る、としか言いようがない。

「もしもし」

『ごめん泉くん、寝てた？』

「いえ。何かありました？」

最近顔を出していなかったので、ようす窺いか、食材余らせちゃったから食べに来てくれないかな、という営業か、そんなところだろうと思っていた。しかしマスターはすこし声をひそめ「真帆ちゃんを迎えに来てやってほしいんだけど」と言った。

「え、そんな泥酔してんですか？」

一杯機嫌にはなっても、前後不覚に陥るほど酔っ払うことなんてないのに。週明けの夜から何やってんだか、と泉は携帯片手に慌てて立ち上がった。

『いや……うーん、ちょっとほかのお客さんとトラブルになっちゃってね』

「トラブル？　喧嘩とか？」

『まあそんな……あ、心配しないで。けがとかはしてないし、片づいたから。ただ、真帆ちゃんちょっと興奮してて、ひとりで帰すの不安なんだよ。閉めるまでここにいさせるのもかわいそうだし』

ちっとも話が見えない。とにかく上着を引っかけ、両親はもう寝ていたのでこっそり家を出て車に乗った。喧嘩、というからには知らない相手か？　そんなたちの悪い客がいる店じゃないはずだけど。

店にいちばん近い駐車場に車を置いて急ぐ。雨はもうやんでいた。

「こんばんは」

「ああ、ほんとにごめんね。ほら、真帆ちゃん、泉くん来てくれたよ」

真帆はカウンターの隅っこで両ひじをついてうなだれていた。なぜかカレースプーンが二本転がっている。

「真帆ちゃん」

声をかけると、「ごめん」と両手で目元を覆って顔を上げる。

「ちょっと今、保冷剤で冷やしてるから。この顔で帰ると親が心配しちゃう」

「……どうしたの？」

「軽い口論みたいになって」

カウンターの内側で洗い物をしながらマスターが答える。

「月に何回か来るふたり組のお客さんと」

たぶん泉も、顔を見れば「ああ」と思うだろう。狭い店内を今さら見渡したが誰もいない。

「その人たちは？」

「帰ったよ。ていうか、叶くんが『まあまあ』っていなしながら連れ出してくれたから助かった。あの子、若いのに人あしらいがうまいね」

「……ああ」

不意に名前を出されると、相槌のタイミングが狂ってしまう。

「叶さんは」

「おやすみなさいって言ってたし、上着も持って出たからもう戻ってこないんじゃないかな」

「そうですか」

……で、トラブルの原因は？　と改めて訊きたいところだが、ふたりともが何となく言いにくそうにしているのを感じていた。空気がわだかまっている。そういう気配に泉は敏感で、いったい何なのと深く突っ込んでいくのが不得手だった。せっかく落ち着いてきた真帆を刺激してしまうかもしれない、と自分の及び腰に理由をつけ、黙って隣に腰を下ろす。マスターが気を利かせて淹れてくれたコーヒーは、宗清の部屋で飲んだのと同じ味だった。カップが空になる頃、真帆が「帰る」と立ち上がった。

「マスター、保冷剤ありがとう。スプーンも……泉くん、送ってくれる？」

「もちろん」

車の中で泉は「あのスプーン何だったの」とだけ尋ねた。

「あれでまぶたをぎゅーっと押すと腫れにくいんだって。つめたくて気持ちいいし」

「へえ」

「宗清くんが教えてくれた。無理して泣くの我慢したり、ほっぺた拭いたり目こすったりしないでとりあえず全部流しちゃってからすぐ冷やすこと、って」

それは宗清の単なる知識なのか、それとも経験に基づくアドバイスなのか。

そんなに泣いたことが、泣きたかったことが、あるのだろうか。

真帆の家の前に車を横づけすると、真帆が助手席にビニール傘を置いていこうとするので呼び止めた。

「真帆ちゃん、傘」

「それ、私のじゃない。私、折りたたみだから」

「え」

「宗清くんの。お店に忘れていったんだと思う。……届けてくれる？　きょうじゃなくてもいいから」

告白の経緯を知っていて気を回している――とは見えなかった。店で何があったのか知りたければ宗清から訊いてくれという意味なのか。それとも単純に、宗清に迷惑をかけてばつが悪いだけか。泉はすこしためらったが「わかった」と頷く。

「おやすみなさい。ごめんね、迷惑かけて」

「何言ってんだか。おやすみ」

午後十一時半、他人の家を訪問するには非常識な時間帯だった。携帯を家に置いてきてしまったからお伺いも立てられないし、どんな顔で会えばいいのかもわからないし、でも真帆があぁ言っていたし……運転席でしばし逡巡したが、結局宗清のマンションに向かって車を走らせた。インターホンを鳴らしてもし出なければもう一度「西海岸」に寄ってマスターに預けよう、そうしよう、と「会えなかったルート」を想定すると気が楽になった。でも、実際会えなかったらきっとがっかりする。会いたいのか会いたくないのか、自分のことなのに、考えても本当に結論が出ないうちに建物が見えてくる。

自動車十台ぶんの陣地が白く塗り分けられている駐車場で、つい前と同じスペースにハンドルを切りかけたがきょうは先客があった。ヘッドライトが品川ナンバーのプレートを照らす。ああ東京だ、とひどく遠い場所のように思った。

そのふたつ隣に車を停めて傘片手にマンションの入り口に向かう、と、オートロックのエントランス前に人影が見える。

「え、ちょ、まじでないの、鍵」

「いや、あるってあるって、施錠して出かけてたから」

「早くしろよ、さみーなーもー」

「そやって急かすとますます……ちなみに禁煙だから」

「えー」

ジーンズのポケットに手を突っ込んだり、ぱたぱた上から叩いたりして忙しないようすの宗清と、見覚えのない男が話している。

「ずっと運転してきて疲れたよー、一服だけさせて。朝めしつくるから」

「駄目」

ああ、品川ナンバー。そう考えたきり、頭は回転をやめたようだった。泉は無防備に近づき、存在に気づいて「えっ」と声を上げた宗清に無表情で傘を差し出すや「お忘れ物です」と無機質に事実だけを告げた。

「……はい」

気圧されたのか、えらく神妙な宗清の表情を見ても心は動かなかった。平常時なら笑ってしまったと思う。

用事は済んだので回れ右して駐車場に引き返した。ドアロックを解除してキーを挿してエンジンをかける。身体が勝手に動く。そう、このまま、何も考えずに帰って何も考えずに眠ろう。脳が出している指令はそれだけだった。

ところが、ゆっくりと道路に出る寸前、ボンネットの前に宗清が飛び出してきた。

「泉さん！」

素早く運転席側に回り込んでくるので、無視してアクセルを踏み込もうとしたが、宗清は窓をばんばん叩いて「俺の足あるんだからな！」と怒鳴った。

「足！　車体の下に突っ込んでっから！　このまま轢《ひ》いたら感触が気持ち悪いぞ！　ぐにって、あれ地味にトラウマんなるぞ！」

轢いた経験でもあるかのような口ぶり、というか自分の足のダメージはいいのか。でもそのおかしな脅し文句はフリーズしていた泉の回路を若干復活させた。しぶしぶ窓を数センチ開けると「鍵はいいんですか」と尋ねた。

「おかげさまで。財布ん中に挟まってた」

「品川くんは？」

「誰それ」

「車」

「……ああ、品川ね。そう、その品川のことでたぶん誤解があると思うんだけど」

「ですね」

泉は頷いた。

「でも別にどうでもいいので、帰ります」

「おい」

「叶さんも帰ったほうがいいんじゃないですか、せっかく遠路来てくださったのに放置するなんてかわいそうですから」

「振られたての相手にやきもち焼かれるっていう意味不明な状況にいる俺のほうがよっぽどかわいそうだと思う」

瞬間、やきもち、というワードに、何かのスイッチが入った。ターボで。

「誰が!?」

ウインドウを全開にし、噛みつかんばかりの勢いで言う。

「泉さんが。恐ろしい顔してたし、品川くんも言ってたよ。おとなしそうなのにオーラが般若《はんにゃ》、って」

褒められてるんだか馬鹿にされてるんだか。ていうか俺は、何しに来たんだっけ？

「大きなお世話！」

「夜中だから静かに。失礼しまーす」

「あ！」

窓を開けてしまったのがいけなかった。宗清は腕をぐっと突っ込んできて後部座席のロックを外すと素早く車内に滑り込んできた。

「車上荒らし！」

「物騒なこと言うなよ……とりあえず車動かして。駐車場でも別んとこでもいいから。こんな中途半端にしてると迷惑だ」

迷惑のかかる相手も見当たらない時間帯ではあったが、ごもっともではあるので、泉は海へと車を向けた。朝、いつも停める駐車場の定位置に停車する。

「送りませんから。歩いて帰ってくださいね」

「かわいくないなー」

もちろん冗談の口調、だからこそむかついた。ああ腹が立つ。着火は宗清だけど腹が立つ自分に腹が立つ、よって炎上させているのは泉自身で、そこに思い至るといっそう火元にいらいらしてしまう。最悪のループだ。

「かわいくなくて結構、むしろ男にかわいいとか思われるほうが不本意ですから」

「じゃーめんどくさい嫉妬すんのやめようよ」

「してませんってば」

「どう見てもしてるだろ。ちなみにあれ、俺の同期ね。有給取って車に寝袋積んで旅してるついでに立ち寄っただけ」

「興味ないです」

「泉」

どきっとする。動揺に気づかないふりをする。

「呼び捨てにしないでください」

「おいいい加減にしろよ」

ヘッドレストに、がしっと宗清の手が食い込むのがわかった。

「俺、めんどくさい人が好きではあるけど恋人限定の話だから。つべこべ言いたきゃせめてキス以上させろ」

あからさまな台詞を吐かれて、頬がかっとなった。

「身体目当てなんだ……」

なんて非難を、まさか自分が口にする日が来ようとは。

「せめて、つってんだろ。俺のこと好きじゃないんだろ？　つーかそんなに自分の身体に自信あんの？」

「そういう意味じゃないです。ていうか叶さんってほんと信用できない、会ってすぐ告ってくるし、断ったらすぐ違う男連れ込んでるし」

「俺の、さっきの話聞いてたか⁉」

「聞いてましたよ、そういうんじゃないって言うんでしょ？　でも、たとえば俺は、恋愛感情ないからってひとり暮らしの部屋に女の子泊めることは真帆ちゃんだろうが絶対ないし、他人がしてたらだらしないって思う」

顔は見えないが、珍しく宗清が言葉に詰まっている気配がした。沈黙の中に「そうだけど、でも」という焦りがある。

「いいですけど別に。延縄漁みたいにとりあえず餌吊るしといてどれかはかかるだろ、みたいなのでも。俺には関係ないですし」

「誹謗中傷だろ、俺はいつだって一本釣り主義だよ。いや、渓流釣りくらい慎重だと思う」

「どこが……」

「あーもうかったるいな！」

障害物を挟んだやり取りに焦れた宗清が大きく身を乗り出して、助手席のロックを外すといったん降りて助手席側から乗り込んできた。泉は、締め出さなかった。

「……でもかわいいな」

わざわざ隣に来てまで言うことか。

逃げ場のない密室は外とは違って、宗清の言葉が判子みたいに皮膚にくっつく気がする。嬉しくなんかない、と思う。でも心のどこかがむずむずくすぐったいのだ。たぶん「かわいい」が外見に対する評価ではなく、泉の言動を受け容れる、という意思表示だからだろう。理不尽に怒っても憎まれ口を叩いても嫌いになりません、それは宗清が言う「大丈夫」に似ている。だから心は抗いきれない。誰だって誰かに受け容れてほしいから。ごく当たり前で、叶えるのはとても難しい欲求。

「かわいさ余って憎さ百倍とか言うじゃん、でもやっぱりかわいさのほうが百一倍あるというか……いやもうちょっと、百五倍くらいかな……？」

ひとりでぶつぶつつぶやくと、何かを吹っ切ったようにぱっと泉に向き直った。

「泉さんはずるいよ。そんなそぶり見せられたら、俺、諦められない」

ずるい。前にも言われた。そんなの知ってます、と言いそうになった。俺がずるくて臆病だったから。だから。

「好きだよ」

それまで意識しなかった波音が急に届いてきた。いきなり風が強くなったわけではないと思う。宗清の顔と、声と、地を這い悶えるような海の呼吸。

――好きだよ。

どうして今、ここで、この人なのかと混乱が渦を巻き、思考も感情も洗濯槽の中でごうんごうんと揺さぶられたみたいにひどいめまいがした。その中でせめて縋《すが》れるものを探したら真帆のことが浮かび、泉はか細い声で「俺は」と言った。

「きょう、真帆ちゃんのことを訊きに来て。店で何かあったって言うから……でも真帆ちゃんもマスターも黙ってるし」

「ああ……」

宗清は眉根を寄せ「酔っ払いに絡まれただけだよ」と答えた。

「嘘だ」

「何で」

「何でも」

なぜその件に固執するのかといえば、ほかに話題を思いつかなかったからだ。手を離せば宗清の告白に呑まれてしまう。呑まれた先で自分の心がどこにたどり着くのか、考えるのが怖い。

「まいったな」

狭いシートで上体だけひねって泉に向き合う姿勢に疲れたのか宗清は軽く腰を伸ばし
「こんな言いにくいこと俺に言わせんのかよ」とぼやいた。

「俺はまじ何も知らないから聞いたまま言うけど、真帆ちゃんみたいに逆上すんのはなしで頼むよ」

前置きの時点で、何となくの見当はついていた。マスターや真帆が口をつぐんだわけも。

「知り合い――例の品川くんな――が事故渋滞に巻き込まれて予定よりだいぶ遅くなるって言うから『西海岸』に行ったら真帆ちゃんがいて、ふたりで雑談してる時に、男のふたり連れが入ってきて、俺を見てちょっとびっくりしてた」

俺はこの話止めないのかな、と人ごとのように思っていた。わかりましたもういいですと言ったほうがいい。最後まで聞いてしまったら傷つくのは明らかなのに。

「ああ、弟くんのこと知ってる人なのかなって単純に思った。したら案の定後ろの席に座って小声で話してるわけ。びびったーとか何とか。その程度だったらまあ気にしないんだけど――」

そこで宗清もためらったのか言葉を切った。でも泉はストップをかけなかった。宗清の目には、心ここに在らずでぼんやりしているように見えたかもしれない。黒板にわざと爪を立てる、アルミホイルを噛みしめる、そんなふうに、自分自身に不快を味わわせたくなる衝動が人間には備わっているのだろうか。

「……『おととし、海で自死したやつにそっくりだな』『幽霊かと思った』って」

自死、という表現を選んだのは宗清の配慮だろう。彼らははっきり「自殺」という単語を（ひそやかな興奮とともに）ささやいたに違いない。ふたつの言葉に実際どの程度の差があるのか泉にはわからないけれど。

「それで真帆ちゃんが『でたらめ言うな！』って怒って、向こうもへたに罪悪感があるから素直に謝れないんだよね。で、ちょっと、まずい空気に――……泉さん、大丈夫？」

疑問の答えは得られた、だからもうつっかえ棒みたいに気持ちを支えてくれるものがない。耳の奥から低い海鳴りが湧いてきて、何が現実の音なのか判然としなくなる。足下がやたらふわふわやわらかくなったかと思うと、ぐねぐねうねり始めてそれは泉の視界や内臓まで揺らした。

「おい!」

シートベルトを外すと転げるように外に出て、胃の中のものを思いきり吐き出した。自分のえずく声がはっきり聞こえたので苦しいのに安心する。両膝に手をついて腰を折り、泉は何度か戻した。気づけば宗清の手が背中をゆっくりさすっていて、荒く酸っぱい息遣いにぴったり寄り添っている。

「もっと出す?」

宗清の、宗清にしか出せない、優しい声だった。黙ってかぶりを振ると「寒いから入ろう」と手を引いて車内に促し、自分は戻らず「水買ってくるから」と言った。

「今は何も考えないで待ってて。ひとりで帰ったり、どっか行ったりしないでくれ。わかった?」

泉が催眠術にかけられたように頷くのを確かめて、ほとんど街灯もない夜道へ駆け出していく。嘔吐の後の脱力感で全身がけだるかった。こんなに疲れるのは「生きる」という行為の逆をしたからだと思う。食べたものを滋養にせず吐き出すこと。駄目だろう、と泉の、生きている身体が怒っている。悪い気分じゃなかった。ひとりきりで放心する猶予をくれた宗清に感謝した。

暗い海岸沿いで、駐車場の照明だけがステージめいてこうこうとしている。やがて闇から光の中へ、ひょいと軽く世界をまたいで宗清が戻ってくる。両手に五百ミリリットルのペットボトルを数本抱えていた。

「気持ち悪いだろ、あそこの側溝んとこで口ゆすいできな」

うまくものが考えられず、ただ宗清の声、宗清の言葉だけが正しい指針に思えたので言われるまま水を一本受け取り、駐車場を出てすぐの側溝で口内を洗った。冷たい水が粘膜や歯にしみとおると気持ちよかった。半分で口をゆすぎ、残りは飲み干した。

空のペットボトルを手に車へ向き直ると、宗清が吐物を水で流しているところだった。もっと赤くなったり青くなったりしていいはずなのに、その時泉は、恥ずかしさもいたたまれなさも感じなかった。ああ、水と光に洗われてきらきらしてるよ、俺の胃の中身が、とちょっと笑い出しそうなほどだった。宗清の手つきが至って事務的に淡々とし、そこに忍耐も奉仕も見えなかったからだと思う。

この人は、亡くなったお母さんの看病をとてもきちんとしてきたんだ、と悟った。血と肉と内臓からできた身体が突きつけてくる生々しさや汚さに怯まず、さまざまな症状を現実として対処してきた、そして諦めてきた「病人の家族」の貌《かお》が見えてくる。彼らは安易に奇跡を夢見たりしないが、悲嘆や絶望に染まりきることもない。食事を摂ってくれない日も、検査結果が思わしくない日も、八つ当たりされた日も、ただ来て、日常の洗濯や冷蔵庫の整理やテレビカードのチャージをこなす。会える日も会えない日も同じ一日、どんなゴールもその一日の蓄積の果てにしかないと心身両面で知っている人たち。

「……すみませんでした」

もちろん、迷惑をかけたという気持ちはある。

「なんのなんの」

宗清は笑って「ちょっとはすっきりした？」と尋ねる。

「はい」

「よかった」

何の警戒心も起こさせない、純粋な労りの手つきで泉の額に触れると「ちょっと熱がある」と心配そうに眉をひそめた。

「泉さんちまで俺が運転するよ。結局飲まなかったから。保険とか大丈夫？」

「はい」

泉のナビで家まで帰り着くと、リビングの明かりがついている。

「すこし寄っていかれませんか」

「え？」

「母が起きてるみたいなんで。お礼もしたいですし」

「いや、いいよ。だってお母さんびっくりしちゃうだろ」

息子に似ている男が突然訪ねてきたら。それはもっともだ。泉も、宗清の内面を知らないままだったら避ける展開だろう。でも今は、宗清なら大丈夫だと思える。

「うちの母もコーヒー淹れるのうまいですよ」

でも宗清は笑顔を崩さず「またの機会にね」とかわした。らしくない、社交辞令的な断り文句だった。泉がかすかに顔を曇らせると困ったように眉尻を下げる。

「車庫入れは大丈夫？　ペットボトルの始末も頼んでいい？　あったかくして寝て、わかってると思うけど完治するまで弟さんとこ行くなよ。たまには自分のことだけ考えてろ」

「叶さん」

ドアに手をかけていた宗清が振り返り、泉の、熱っぽい額にくちづけた。

「こんくらいならいいかな、運転代として」

「口は、吐いたばっかりですしね」

「え、ばっかだなあ」

宗清は顔全体で笑った。いつかの青空が、なぜか泉の目にしみてくる。すっごい青。宗清の言ったウルトラマリン――違う、これは空の青。ウルトラマリンを生む空の色。

「そんなの全然気にしない」

「ごめんなさい」

とっさに出た言葉は、自分の口を塞ぐためだった。じゃあちゃんとキスしたい、とか言ってしまわないように。

この、笑った顔を独り占めしたいなんて思わないように。

「ごめんなさい……」

「おやすみ」

何が、とも訊かず宗清が出て行き、ひとりになった車内でものすごい喪失感に襲われた。俺は寂しいのかな。疲れてるのかな。何かと察しのいい、包容力のある男にくらっとするほど。

駄目なのに。

家ではやっぱり母親が起きていて「どこに行ってたの？」とやや怪訝そうに尋ねた。

「メールしても電話してもつながらないし……心配になるじゃない」

「ごめん、部屋に置いてた。ちょっと真帆ちゃんが酔いつぶれたから送ってた」

「珍しいわね」

「たまには失敗するだろ」

「それで、泉は誰に送ってもらったの？」

ぎくりとしたが、母は特に勘ぐるようすもなく「窓から見えた時、助手席にいたから」と言う。

「……最近『西海岸』で知り合った男の人。同い年で、東京から休暇で来てんだって」

「へえ、リゾートっていうには中途半端なところだと思うけど、いい友達ができてよかったじゃない。泉が上京する時にも遊んだりできるでしょう」

友達、という単語がざらりと心臓を逆撫でた。友達なんかじゃない、と憤りに似た強さで思った。

友達なんかじゃいやだ。

何も知らない母に反発心をぶつけるわけにもいかず、駄々のような感情を持て余し立ち尽くしていると「どうしたの？」と頬に触れられた。

「あら……熱があるじゃないの！　どうりで赤い顔してると思ったら……うがいして、薬飲んで寝なさい」

急き立てられるままつめたいベッドに潜る。宗清に指摘された時より体温が上がっているのが自分でわかった。額から二、三センチ内側に頭痛が巣を張っている。インフルエンザだったらどうしよう、宗清に伝染《うつ》していたらどうしよう、看病の負担が母にかかってしまう――水面で弾ける泡のようにこぽこぽ懸念が浮かんだが、「自分のことだけ考えてろ」という宗清の台詞がよみがえるとぴたりとやんだ。

叶さんは何も知らない、と思った。

俺はいつだって、自分のことしか考えてこなかったのに。


横になった途端、待ち構えていたようにぷわっと全身の熱が上がるのを感じた。朝になってからだるさをおして町医者に行くと、幸いインフルエンザではなかった。靖野もちょっと熱出してるの、と大変なはずの母が、なぜか嬉しそうに報告してくれた。

――小さい頃はよくふたりそろって風邪引いてたでしょ。どんなに止めても靖野がお兄ちゃんにくっついていくからだって思ってたけど、離れててもねえ……。

理屈で考えるなら、症状が出るより前に泉が病室に持ち込んでいた風邪に弟もやられただけだろう。でも母は、兄弟をつなぐ見えない糸の存在を信じたがっている。

——そういえば、靖野は水泳と飛び込み始めてからどんどん丈夫になって病気しなくなったけど、泉は、年に一回は恒例行事みたいに風邪引いてたもんね。

——ああ、そうだったかも。

今年は風邪引かないな、と思うことすらなく二年は巡っていった。母はそっと氷枕に触れ「ずっと張り詰めてたから」とつぶやいた。

——風邪も引けなかったね、ごめんね。

そんなことを口に出すのはルール違反だと思った。みんな張り詰めていて誰のせいでもない。言わずもがなのねぎらいや謝罪を言い合えばきりがなくなってしまうから、あらゆる傷に日常という薬を塗り込め、塞いで見えなくする。それが、待ち続ける家族の不文律じゃなかったのか。頭上でぱんぱんになった風船を意識してしまえば、いつ破裂するのかとびくびくせずにいられない。

でも母を責めるようなことは言いたくなかったし、喉が痛くてしゃべるのもつらかった。泉は目を閉じ、ただかぶりを振った。

頭が、ぶよぶよした熱のゼリーを抱えて沈んでいく。枕の下、ベッドの下、床の下、音もなく突き抜けてもっと深くへ。背中は、パジャマの生地以外に何の支えも感じない。

ああ、落ちてる。怖くはない。ふしぎでもない。目を開けると世界は濃いブルーだった。夜明け前の透き通る闇。自分の身体にくっついたビーズみたいな泡がすこしずつ剝がれ、ふゆふゆと立ち昇って見えなくなる。水の中だ。音も熱も光もない。静謐《せいひつ》とはこういう世界か。自分の心臓の音すら聞こえない。弟が潜りたかったのはこんなところなのか。

——飛び込む時は、ぎゅっと凝縮させる感じ。

靖野がそう言った。

——ぜんぶ集中させて……気を抜いたら怪我のもとだし。自分をこよりみたいに細く細くして、それがうまくいった時はきれいに着水できる。潜ってる時は全然違って、自分と水の境目がどんどん薄れて、それがめちゃめちゃ気持ちいい。余分なものは溶けて消えて、沈みながら軽くなってくんだ。それがめちゃめちゃ気持ちいい。でも水から上がってしばらくしたら、また重くなってるのに気づいて、潜らなきゃって思う。

弟にとってダイビングは、自分の内側を洗い、自分の一部を海に捨ててくる儀式のようなものだったのかもしれない。

でも「余分」をなくして、何が残るんだ。玉ねぎみたいにどこまでも自分を剝いて、真ん中にあるのは何なんだ。

靖野。「余分」って何だよ。

そう、声に出そうとしたらごぼりと大きなあぶくが出て、初めて苦しいと思った。揺らめき上昇する泡の向こう、遥か水面にちいさな光が見えていた。泉はそこへ向かって必死に手を伸ばす。足で水を掻き、上へ。あそこまで行かなくちゃ。

雲の中を進むように手応えを感じなかった指先が不意に固いものにぶつかった、と同時にはっと目を覚ました。手の中で携帯のLEDライトがメッセージの受信を知らせるため点滅している。真帆からだ。

『泉くん風邪だって？　具合どう？　きょう夕方ちょっと寄ってもいいかな？』

カーテンを閉め切った部屋の中は暗いがまだ昼すぎだった。びっしょりかいた汗と一緒に熱の核も流れたのか、だいぶすっきりしている。いいよ、と返信すると何か欲しいものはあるかと訊かれたのでゆっくり起き上がる。ふらついたのは、単純にエネルギーが足りていないせいだろう。

二階のキッチンで冷蔵庫の中身を確認すると、果物やらヨーグルトやらアイスクリームでいつもより潤沢だった。家族の誰かが病気になると、とにかく喜びそうなものをどっさり買い込んでくるのは父で、「却ってお腹を壊すわよ」と母から叱られてもやめなかった。自分はもうこんなに大人なのに今も変わらないなんて。この場所でだけは永遠に「子ども」でいられる。後ろめたい、というか、ちょっと情けないような気持ちがあるにせよそれは泉にとって大きな柱に違いない。両親が年老いて息子の庇護を必要とするようになってもきっと変わらない。

閉じた冷蔵庫にもたれ、しばらく親も兄弟もいない宗清のことを考えていたが、真帆の件を思い出したので慌ててＬＩＮＥを送った。『冷蔵庫いっぱいだからお見舞いは気にしないで』。体温は三十六・七度。あしたには靖野のところへ行けそうだ。しかし、うすいおかゆにねぎを散らして食べ、風呂に入っただけでぐったり疲れてしまった。たった数日動かなかっただけで身体があちこち錆びついているのを自覚すると、二年もベッドに縛りつけられている弟を思い心が曇る。見えない身体の内側でだって、さまざまな機能はどれだけ衰えているだろう――つい想像し、慌てて頭を打ち振った。あの器はいつまで保つんだろう、なんて。

夕方、マスクをつけてやってきた真帆は玄関に入ってくるなり「ごめんなさい」と頭を下げた。

「何だよ唐突に」

泉もマスク越しにくぐもった困惑を洩らすと「夜中に呼び出したせいで風邪引かせちゃって」とうなだれたまま言った。

「もうほとんど熱ないし。とりあえず上がって」

リビングに通してコーヒーを出しても、真帆は手をつけようとせず恐縮しっぱなしだった。

「おばさんに聞いた時、ほんとやっちゃったーって思って……」

「え、まさか母さん怒ってた？」

「んーん、スーパーで会って『泉が風邪引いたけど真帆ちゃんに伝染《うつ》してない？』って普通に心配してくれただけ」

「その程度ってことだから」

「それだけじゃなくて……ごめんね『西海岸』で……宗清くんから、聞いた？」

「まあ、概要っていうか、うん」

「ごめんね」

「真帆ちゃんが悪いんじゃないだろ」

「ううん、悪い。かっとなってみんなに迷惑かけちゃった。マスターにもしばらく出禁って言われたし」

「え、ひどいな。俺から取りなそうか？」

「いいのいいの、ひどくない、当たり前だよ。ただね」

「うん？」

「宗清くんのお別れ会しようと思ってたのにお店行けなくなっちゃったなあって……のんきな悩みみたいであれなんだけどほんとにどうしようかと思ってて」

「えっ」

マスクをしていたにもかかわらず自分でも驚くぐらい大きな声が出て、うつむきがちだった真帆もぱっと顔を上げた。

「あ、ごめん」

「ううん、ていうか知らなかった？」

「いや、そりゃ、そのうち帰るっていうのは最初から聞いてたけど……」

月曜の晩は何も言われなかった。いや、いろいろありすぎて泉が言わせなかったのか。

「日曜に帰るんだって。特に口止めはされてないけど、宗清くん、ひょっとして自分で話したかったかな……やばい、私またやっちゃった？」

「大丈夫大丈夫」

真帆よりは、自分の動揺をなだめるための言葉だった。

「別にそんな、海外に行くわけじゃないんだし。東京だよ、すぐだから」

「だね、泉くん定期的に上京してるし、何ならGWとかに来るかもしんないし」

「うん」

頷きながら、想像できないでいた。これからまた休みの時にやってくる宗清、あるいは仕事のついでに訪ねて行く自分。「そうしようと思えばできる」と「実行する」の間には、ものごとそれぞれの距離があり、この場合ひどく遠い気がした。このまま離れたら、もう会わないだろう。そっちの予感のほうが泉にとっては確かだった。

お大事に、と真帆が帰ってから、冷蔵庫の扉に貼ってあるカレンダーを眺めた。日曜日。しあさって。

もう会えないかもしれない。こんな、何もかも中途半端なままで。いや中途半端って何、二回も断ったよ、もう終わった。たぶんだけど、宗清は振られた相手とずるずるつながりたがる性格じゃない。俺が楽だから、やさしくされて居心地いいから安定剤みたいに都合よく使うのは絶対駄目で、だって俺はあの人の気持ちに応えられないし——何で？　男同士だから？　ここからどこにも行けないから？

あの人が靖野に似てるから？

携帯をどんなにいじってみても、ダウンしていたこの三日間に宗清からのコンタクトはなかった。そのこと自体が「諦める」という意思表示なのかもしれない。宗清は何も悪くない。当たり前だ。「またの機会にね」という言葉が叶えられなかったとしても、大人の世界では嘘にならない。

でも責めたいような、逆に責められたいようなもどかしさといたたまれなさにひたすら急かされて、泉は携帯と車の鍵だけ持って家を出た。まだお互い何も話していない、と思う。聞きたい。言いたい。

——駄目だ、そんなの。

夕方の空はすっきりせず、色濃い大理石みたいに雲が淀んだマーブル模様をつくっていた。ややもやいろんな気持ちが膨らみ、広がりながら何の答えも出せない泉の頭の中と同じだ。

海岸線近くを車で進んでいる時、海原で音もなく雷が閃いていた。水平線に細く刺さる稲妻。雲が抱え込んで隠していた昼間の光をこぼしているようにも見える。思わず車を路肩に寄せて外へ出た。青くない空も海も美しかった。

傍に宗清がいてくれればいいのに。ほかの誰でもなくて。ついさっき話したいと思ったばかりなのに、今はふたりで黙ってこの景色を見ていたかった。夜が訪れ、稲光だけが空と海の境目を教えてくれるようになっても、じっと遠雷に耳を澄ませて。ほかのことは何も考えずすべて忘れて——そうできたら、どんなに幸せだろう。

ずいぶん長い間ぼうっと景色に見とれていた気がしたが、実際は十分足らずの夢想だった。宗清のマンションに着いてインターホンを鳴らしたが反応がない。その無音に、所在の確認もしなかったなとようやく気づかされる。

あれこれよくしてもらうばかりで全然ギブはできないし、目の前で吐くし、挙句アポなしで「来ちゃった」って面倒くさい通り越してひどいな、とつくづく自分に呆れる。とうとう愛想を尽かされたのかもしれない。東京に帰る日を教えてもらえなかったのは「もういいや」と思ったからかも。遠距離で続けていけるか自信がないようなことを言っていたし、タイムリミット、期限内に落とせなかったからさよなら。

……何考えてんだ。エントランスのつめたい壁に額を押しつけた。宗清はそんな男じゃない、絶対にそんな男じゃないのに、自分に自信がないからって悪い想像をなすりつけるのは卑怯だ。

大丈夫、と心の中で言い聞かせる。まだ三日あるんだから、会って話す機会はつくれる。泉の思い込みが間違っていたらちゃんと否定してくれる。ぐるぐる答えの出ないループに陥ることにはならない。念のためもう一度インターホンを鳴らしてみたがやっぱり応答はない。留守じゃなければ入浴中、遅い昼寝もしくは早い就寝……いずれにしても迷惑だ。出直そう、ときびすを返すと宗清が歩いてくるところだった。

宗清は何だかめまぐるしかった。

「あ」と泉に気づくと自分自身の驚きにかぶせるような勢いでいきなり「ごめん」と口走り、それから今度は「しまった」と言いたげに唇の端をちょっと歪める。

「何が？」

泉はつい強張った口調で訊いてしまった。そんなはずがないのに、取りとめのない不安を肯定された気がした。「実は泉さんが思ってるとおりなんだ、ごめん」と。

「ごめんって、何ですか？」

「いや……もう、身体大丈夫？　出歩いていいの？」

「何ではぐらかすんですか」

「そういうつもりでは……つーか泉さんに問い詰められんの結構怖いんだけど」

「ほらまたそうやって」

「違うって。ちょっと落ち着こう、お互いに。今会うと思わなくて俺も動揺しちゃった。時間ある？　上がって」

エレベーターを待っている間、宗清が「さっき電車から雷見えたよ」と言った。

「海の方の？」

「そう。遠くでぴかぴか光ってた。おもちゃっぽくてきれいだったな。誰かがフラスコの中でちゃちな実験してるみたいな」

「俺も見てました。たぶん、おんなじ雷」

「そっか」

ようやく、いつもみたいな笑顔が覗いた。

「窓からぼんやり雷見ながら、泉さんがここにいたらいいのになーって思ってたんだ。別に何を話すわけじゃなくて、延々と電車乗ってさ。ちょっと叶ってたのかな」

俺も同じこと考えてました、とは言えなかった。身体の中で塊になった嬉しさや驚きが喉を圧迫し、ただそれだけの言葉が、その時本当に出てこなかった。そこでエレベーターが降りてきたので、タイミング的にも話は「終わった」空気になる。

中に乗り込むと泉は「すみません」とちいさく謝った。よかった、ちゃんと声が出る。

「え？」

「突然来てごめんなさい。ご迷惑だとは思ったんですが、つい……」

「やめてくれ」

宗清が怒ったように泉の言葉を遮った。慌てて口をつぐむと、泉から目を逸らして階数表示の点灯をにらむ。

「狭い密室でそんなしおらしい顔されたら、どうしていいかわかんなくなるよ」

年より大人だと思わされることの多い宗清の横顔が、なぜか少年っぽく見えてぱちぱちまばたきすると手のひらでやわらかくこめかみを押しやられた。

「あんま見んな」

じんわりと伝わる体温で、熱がぶり返しそうだ。

宗清の部屋には、やはりもうすぐここを去っていくのだという気配が漂っていた。元から仮住まいで、何が片づけられたという目に見える変化はないのだけれど、密度がうすいというか。単に泉が自分の心象を投影しているだけだろうか。

「座って。コーヒー飲む？」

「いえ」

泉は床に腰を下ろすと「日曜日に出ていくんですよね」と確認のための質問をした。

「真帆ちゃんから聞きました」

「うん、こないだ言いそびれててごめん」

憎たらしいほどあっさり頷かれた。

「ほんとはもう一週間休みのはずだったんだけど、同僚が急に入院しちゃって、人手が足りんってことで。まあ、もう十分満喫したしね」

「そうですか……」

こんな時、何て言うんだっけ。寂しくなります？　お元気で？　また会いましょう？　連絡しますね？　実家に引っ込む時、会社でどんな言葉をかけられたっけ？　俺はそれを嬉しいとかありがたいとか、思ったっけ？

「――でさ」

泉の沈黙を払うように宗清がすこし大きな声で言った。

「俺がさっき、突然謝ったのは、その件じゃなくて……電車乗ったって言っただろ、市役所のある駅まで出て、図書館に行ってた」

「はい」

「野次馬根性だって怒られたら返す言葉もないけど、どうしても気になって、昔の新聞記事探しに」

「……靖野の？」

「うん」

今度はふたりして黙り込む。怒りは湧いてこなかった。そりゃ気になるだろうな、と納得しただけだ。

「見つかりましたか」

わかっていて尋ねたのは、そのほうが宗清が話しやすいだろうと思ったからだった。

「うん」

宗清は一度きゅっと唇を引き結んでから意を決したように口を開く。

「泉さんは、『海で溺れて』って事故っぽいニュアンスで言ってた。高飛び込みや素潜りやるほど水に慣れ親しんだ人間でも溺れるのかなってちょっとふしぎではあったけど、それだけ海が怖いとこなんだろうと思った。でも、『西海岸』での一件があった時……真帆ちゃんのキレ方は、根も葉もないうわさに怒ってるっていうより、彼女自身疑ってて、でも絶対に認めたくないことを軽々しく言われたせいに見えた。だからって面と向かって訊くわけにいかないだろ」

「……新聞には、何て？」

当時、新聞やテレビでどのように報じられたのかまったく記憶になかった。

「ちいさな記事だよ。書いてあったのは、当日の早朝、靖野くんが浅瀬に漂ってるのを通行人が発見して病院に運ばれたけど意識不明の重体だってこと、彼が服を着てたこと、遊泳禁止のエリアだったこと、遺書らしきものはなかったこと」

あの日は凍てつくようなつめたい雨だった。靖野を発見したのは地元のダイバー仲間で、すぐに救急車を呼んで蘇生処置をしてくれたから心肺停止の時間はそう長くなく、冬の海で低体温症に陥ったことが脳には幸いし、いわば冷凍保存された状態で神経細胞は深刻な損傷なく保たれていた。でも凍りついた意識は溶けず、いったい何が起こったのか、弟の口から聞くことは未だにできない。砂浜には開いたままの傘が転がっていたが、もちろん何も教えてはくれなかった。

――息子さん、最近何かに悩んでるそぶりとかありませんでした？

警察でそう訊かれ、母は絶句していた。

――そんな……ありえないです。

――いやあ、いくら泳ぐのが好きでも、単身真冬の海で着衣泳なんかしますかね？

しかもあそこらへん、波が高くて泳いじゃいけないとこでしょう。危険性は本人がよくご存じだったんじゃないですか？

ならば誰かとトラブルの果てに――というのはもっと考えにくかった。靖野の携帯は家に置いたままで不穏なやり取りは何も残されていなかったし、身体に目立った外傷もなかった。死にたいほど何かに悩んでいたと想像するのも、他人から殺したいと思われていたと想像するのも、両親にとっては同じ苦しみだっただろう。

――まあ、意識が戻ってみないことには……。

それから、二年だ。結局捜査らしい捜査はされなかったが、そんなのはどうでもいい。弟が目を覚ましさえすればすべては。

「叶さんは、どう思いますか」

泉が尋ねると「見当もつかない」と率直に返ってきた。

「俺は本人と会ったことないし。……泉さんは、どう思ってんの」

「ありえない」

母と同じ台詞で答える。

「弟はそんなことしません」

宗清は何も言わない。じっと泉を見つめている。静かな瞳。弟と似た目。不意に全身が小刻みにふるえ出しそうになり、爪が食い込むほど固くこぶしを握った。そうだよなって言ってください。一緒に暮らしてた家族が言うんだもんな、何か突発的な事故に決まってるよなって。いつも俺をほっとさせてくれるやさしい声で。

言ってくれ、靖野。

「まだ暗いうちから散歩に行くのはよくあることだったし、雨でも気にせず出歩くやつだったし、悩みなんて。あんなにあけっぴろげだったんだから。前の晩だって普通にしゃべってて、俺はその時東京でひとり暮らししてたんですけど何で地元にいたかっていうと高校時代の同級生が結婚するから披露宴と二次会のために帰ってきてて」

抑揚がないのに妙に明るい自分の声が気持ち悪かった。両耳の奥で不自然な響きが絡まり合い、ねじれ、また吐きそうになってくるのに止められない。

「泉さん」

そっと宗清が呼んだ。呼んで、泉をとどめてくれた。

「さっきも言ったけど、俺は日曜日にここから出ていく。泉さんが会いたくなければもう二度と来ないし、連絡もしない。泉さんと何の関係もない世界に帰ってく」

何で、と泉は非難した。

「何でそんなひどいことわざわざ言うんですか」

「最後まで聞いてくれ。だから、ここで泉さんが何を言ったとしても黙って持ち帰って一生洩らさないよ」

「『何を』って、なに」

「それは知らない。でも泉さんがひとりで抱えてるものが絶対にあるだろ。重たいだろ、それ……わかるよ」

誰にも言わないから。

それは愛の告白よりずっと甘美な、魔法の言葉だった。泉はわななく両手で顔を覆う。

「……わからないんです……本当に……」


前の晩は、とてもいい天気だった。披露宴と二次会三次会でたっぷりしゃべって飲んで、家に帰ってもまだ遊び足りないくらいの名残惜しさを持て余して冷蔵庫を漁っていると「おかえり」と弟が降りてくる。

——もう帰ってんだ。店は？

——マスター、法事で田舎帰ってるから臨時休業。

——ふーん……あれ、牛乳ない？

——俺がさっき飲んじゃった。

——うそ、買ってこいよ。

——やだ。

——百円やるから。

——一万円。

——釣り上げすぎだろ。

そんな他愛もないやり取りがあって、結局ふたりで連れ立って出かけた。高まったテンションはまだ疲労に追いつかれず元気で、アルコールのおかげもありさほど寒くもなく、久しぶりに弟と出歩くのが嬉しくて、コンビニで牛乳を調達した後、泉から「ちょっと海岸行こう」と誘った。何だよもう酔っ払い、とぼやきながら靖野も楽しそうだった。

そうだ、あの晩は楽しかった。仕事は順調だったし恋人ともうまくいっていて、友人の幸福そうな姿に和んで。ずっとこんな日々が続くと、わざわざ「信じる」ほどに意識もしなかった。

波と波音が行ったり来たりする砂浜で、泉は披露宴のVTRがとても凝ったつくりだったことや、二次会で新郎が盛大に泣いていたことを上機嫌で弟に話した。

——泣きすぎて最後の挨拶なんか言葉になってなくて、新婦のほうがうまくフォローして堂々としゃべってんの。でもすごいお似合いって感じでよかったな。

——へえ。

弟はにこにこ聞いていた。あの笑顔を思い出すといつでも目の前がふっと暗くなる。

——あー何かいいな、うらやましい。

自分が歩調を速めたのか、それとも靖野が立ち止まったのか、とにかくそう言った時、隣には誰もいなくて、後ろから声がした。

——泉、結婚すんの？　今の彼女と？

——いやわかんないよ。

——うらやましいっつったじゃん。

――そんな急には無理だろ。いつか、って話だよ。

――いつかはする？

そりゃそうだろ、と泉は笑い飛ばした。こいつ案外まだ子どもなんだな、とのんきに考えながら。

――普通にするよ。お前だって行動力あるから相手さえいればすぐ――。

――しないよ。

さらりとした口調に潜む、靖野の固い意思が寒気のように伝わってきて泉は振り返った。明るい夜にスポイトから滴った濃い影だった。その黒いしみは今も消えない。

――俺は結婚しないな。

弟は、笑っていた。痛みも悲しさもある種の覚悟も何もない、ただ泉がずっと見てきた弟の貌で。

――俺、泉が好きだよ。普通じゃなくてごめん。


「……それで？」

宗清が促した。

「泉さん、何て返事したの」

「……何も」

聞き間違いだろうか、という疑問がまず頭をよぎって、でもそうじゃないのはわかっていて、泉が取った行動は弟に背を向けることだった。でないと、向き合ったままお互い金縛り状態になって動けなくなるような気がしたから。

──……急に雲出てきたな。寒いし、早く帰ろう。

──うん。

背後で弟はすんなり同意した。ほっとして、それまでよりむしろ饒舌にしゃべりながら帰途につき、各々の部屋のドアの前で「おやすみ」と別れた。泉は風呂にも入らずベッドに潜り込み、自分の動悸を包むように丸まる。

何だったんだろう、あれは。好き? 靖野が、俺を? 俺だって好きだ、当たり前だろ、兄弟なんだから。靖野はそうじゃないのか。その「好き」じゃないのか。

どうしよう。どうしようもない。今までどおりに接する以外の選択肢なんかありはしない。あすにはまた東京に戻り、次に会うのはたぶん五月の連休になるだろう。しばらく時間と距離を置けるのはありがたい。

息をひそめて部屋の外の気配を窺っていたが靖野が出てくるようすはなく、やがて眠気がしなだれるようにやってきて泉は目を閉じた。睡魔に押しつぶされる寸前、こう思った。

あしたの朝、ちゃんとおはようって言おう。

あした、なんて来なかった。ずっと。

手のひらでぐりぐり眼球を押さえながら泉は「何でだろう」と尽きない後悔をまた絞り出す。

「何であの時、ちゃんと話さなかったんだろう。わかりきってる答えでも、俺は返さなきゃいけなかったのに。その場しのぎで逃げて、靖野を傷つけた……」

靖野はどんな気持ちで泉の背中を見て、どんな気持ちで最後の「おやすみ」を。

「目に悪いよ」

宗清が両手首を捉えた。目を開けると、圧迫していたせいで正面にいる宗清の顔がぼやける。

「言えなくて」

泉はつぶやいた。

「母さんが、何で、何でって泣いてても……誰にも言えなくて……携帯の、メールのデータとか見る時、めちゃくちゃ怖かった。俺のことが、はっきり第三者にもわかるふうに書いてあったらどうしようって。でも何もなくて、あの晩までほんとに普通の兄弟だったし、弟から特別な空気感じた覚えもなかったし、だから夢だったのかなって思う時もあって、でも、そのたび、『普通じゃなくてごめん』っていう声が、『好きだよ』より、そっちの言葉がよみがえってきて——」

「泉さん」

宗清がぎゅっと指を握る。

「泉さんは、自分が逃げたせいで弟が傷ついて絶望したと思ってる？」

「……わかんない」

「事実がどうだったか、じゃない、泉さんの気持ちだよ。誰にも言わないって言っただろ、どんな悪い想像でも、汚い本音でもいいから、教えて。泉さんの口から言って」

宗清の、瞳。飛び込んでくるみたいな眼差し。目と目を交わす、というのは言葉より深くにある何かをやり取りすることなのだとはっきり感じる。怖いのに逸らせなかった。じっと泉の答えを待ってまばたきもしない目を見つめながら、握られていたはずの指はいつの間にか先が白くなるほどぎりぎりと宗清の手を摑んでいた。それでも宗清は文句を言わず黙っている。

もう、雲も見えないほど外は暗かった。キッチンの照明だけが流しの周辺を照らし、自分たちの周りには濃い影が漂う。

「ぐるぐる」という言葉が、洩れる。

「ずっと回ってる。狭くて暗いところを。靖野が自殺なんてするわけないって思う。でもじゃあ、どうして服のまま冬の海なんかに？って思う。その繰り返し……そんな、ぽろっと告白して、スルーされたからって普通死なないよなって……それで、ああまた俺『普通』って思ったって――」

ずっと昔から、靖野の気持ちを無神経に踏みにじってはこなかったか。あの告白が、最後の賭けだったとしたら。泉の逃げが、とどめを刺したのだとしたら。両親も真帆もマスターも、みんな「まさか」と思っている。まさか靖野に限って、と。だから眠ったままの弟の沈黙がますます重い。本当は何を考えて、何があったのか。そして、弟が誰にも打ち明けなかった秘密を知っている、という一点で、泉はみんなと違う。

「気持ちは、わかんない。だって靖野のこともわかんなかった、ずっと一緒にいたからわかるとか、家族だからわかるとか、言えない」

前にここで見た夕焼けの青とオレンジのように、靖野の中にたなびく雲に隠れていた色を、誰も見つけられない。

ふうう、と長い息を吐くと、勝手に指先から力が抜けた。宗清の手の甲には、泉の平たい爪のかたちがくっきりと刻まれ、痛々しい赤色をにじませていた。

「ごめんなさい」

「ううん」

泉はその爪痕を指で何度もさすった。でもそうすればするほど、傷は取り返しようもなく皮膚に定着してしまう気がする。

「靖野に会いたい」

涙が、自分の爪に落ち、宗清の手に広がった。

「……俺のせいじゃないって言ってくれ、頼むから早く俺を楽にしてくれって……自分のことばっかり考えてる」

宗清は、ゆっくり腕を広げて泉を抱き寄せた。ぽんぽん背中を叩く仕草にはひとつも性的な匂いがなくてひたすら穏やかだった。その時お互いを男でも女でも、子どもでも大人でもなく思った。だから涙を見せようが腕の中に収まろうが恥ずかしくもみっともなくもない、という百%許された感覚に安堵する。

「そっか、しんどかったなあ、二年も。そりゃ誰にも言えないよなあ」

ぷかっと、部屋の真ん中に明かりをともすような声だった。

「『家族だからわかる』とかそういうの、俺も前に否定したよね。それは嘘じゃないけど、やっぱり、自分がマイノリティの側にいるから、安直なカテゴリー分けや安っぽい共感に反発する気持ちが強くて……意地と強がりが入ってる。説明書みたいにうまく言えないけど、伝わる?」

泉がごくちいさく頷くと、宗清は「ありがとう」と頭の後ろを撫でた。

「でも……今の、靖野くんの話聞いて、あーわかる、って思っちゃった」

「ひとりっ子でしょう?」

「同じ体験をしてるわけじゃなくても。自分を恋愛の対象にしてくれない相手を好きになって、それが身近にいるもんだから苦しくて、ばれたら全部壊れるから怖くて、でも好きで、自分から遠ざかることも選べなくて……ずっと好きで、ふとしたきっかけで気持ちが口をついて出る」

顔が見えないせいか、それはもう、靖野の独白としか思えないほど靖野の声と口調だった。乗り移った、と言われたら半分信じる。

「ああやっちゃった、って思ったような気がするよ。だから、泉さんにスルーされたの、ショックじゃなかったとは言わないけど、向こうにとってもある意味ありがたかったんじゃないかな。泉さんがてんぱったのと同じくらい、どうしようって焦っただろうから」

それには頷けなかった。

「そんなの都合よすぎる」

「本当のことはわからない、だったら、今ここで待ってる自分にやさしく解釈したっていい」

「できない」

宗清の腕をはねのけ、濡れた目元を乱暴に拭った。

「腫れるよ」

「腫れてもいいです」

ほかの誰でもない宗清の言葉だからこそ、受け容れてはいけないと思った。それは靖野への裏切りだ。

「カテゴライズの話で言うなら、『同じ男として』だと人類の半分、あんまり参考にならない。でも『男が好きな男』だとぐっと狭まるよね。そこへさらに『泉さんのことが好き』を加えると、今のところ地球上で俺と靖野くんだけじゃない？　だったら俺は『わかる』って言い切っても差し支えないと思う」

「叶さんは、弟に会ったこともないじゃないですか」

「そうだね。どんな子か知らない。でも、周りから愛されるいい子だったって、一ヵ月足らずいただけの俺にも伝わってくる。真帆ちゃんもマスターも、靖野くんが大好きだ。人に言えない片思いしてたからって、その面が嘘だってことにはならないだろ?」

「嘘だったとは思ってないです」

「じゃあ、どうして信じてやらないんだよ」

宗清が、泉の両肩を摑んで強く言った。

「自暴自棄になって自分を粗末にしたらいちばん苦しむのは泉さんだってわかってたはずだろ? 好きな相手泣かせるようなまね、命を使ってする男だったか? そんな勝手なやつならそもそも長いこと我慢せずに告っちゃってるだろ」

靖野が生まれた日、父と産院に行ったのを覚えている。幼い自分の目にもちいさくて赤くて、お母さんのお腹はあんなに大きかったのに、とふしぎに思ったものだった。ほかに何が入ってたんだろう? と。

最初はにゃあにゃあ猫みたいな声でひっきりなしに泣いて、歩けるようになってからは泉の後ろにくっついてきて、でも小学校に上がる頃にはもう自分の世界を持ち、性格も好みもまったく違う兄と敢えて合わせることはなかった。何ができて何をしたいのかひとりで考えて、飛び込みをしたいとか東京の高校へ行きたいとか、その都度はっきり決めてきた。そんな靖野を、まぶしい気持ちで見つめてきたのはむしろ泉のほうだったと思う。

「靖野くんの誠実さを信じるのは、泉さんにとって卑怯なのか？　そんなのおかしいだろ。泉さんは負い目と後悔だけでいろんなものを犠牲にして傍についてるのか？　違うだろ。靖野くんがいい子で、いなくて寂しいから何とかして会いたいって、頑張ってるんだろ」

靖野。ごめんな、一度も飛び込み見に行かなくて。「ごめん」なんて言わせてごめんな。たくさん謝りたい。

たくさん謝ったら、昔みたいに笑い合いたい。そう思うのが罪みたいに感じていた。

「何にだって後悔はつきまとうけどさ、せっかく靖野くん生きてんだから。もっといい思い出温めて待っててやらなきゃ、それこそあの子がかわいそうだ」

初めて、家族と死別した宗清の痛みをはっきり感じた。この人は東京に戻ってもひとりなんだ。

「……ありがとう」

急に気持ちを切り替えられるわけではなかったが、そう答えたのは自分でも靖野でもなく、宗清のためだった。泉のために一生懸命言ってくれた宗清の気持ちに応えたかった。

「よかった」

宗清の眉間が安堵にほどける。

「これで安心して帰れる——って言いたいところだけど」

「え？」

笑顔はものの数秒でどこか余裕のない真顔に変わった。それは宗清には似つかわしくない、部屋の翳《かげ》りをさらに深くするような表情だった。

「怒らないで、まじめに考えてほしい。泉さんは、靖野くんを、本当にこれっぽっちも、恋愛対象として見られない？」

怒る以前に、頭が真っ白になった。

「……何言ってんですか？」

「いきなり告白されてびっくりして聞き流した、でも、靖野くんが引き下がらずに踏み込んできてたらどうした？……たとえば俺みたいに」

「ちょっと待ってください」

「俺は、振られたけど、生理的な嫌悪感持たれてたとは思ってない。うぬぼれじゃないはずだ。それは、俺が靖野くんに似てるからじゃないのか？」

確かにたびたび面影を重ねはした。でもそんな。まだ白紙のままの頭に、宗清の言葉はぼたぼた濃く重く落ちてくる。

「泉さんが俺を見る目、時々ものすごく苦しそうで……さっきの話を聞けば納得はできるんだ。俺をはっきり拒めなかったのも、靖野くんへの負い目のせいかもって。でもそんな悲壮な感じはなかったし——……どうしても知りたい。泉さん自身気づかない、特別な気持ちがあるんじゃないのか？」

俺が、靖野を好き？

「教えてくれ、泉さん。今知りたいんだ」

なぜ、と問うのも許さないようすで、宗清は答えを迫った。

「何なんですか？　そんな……」

半ば身をすくませながら、泉は反論しようとした。ありえないでしょう、肉親の上に男同士ですよ——でもそれは靖野をそっくり否定してしまうことになる。あの晩と同じだ。宗清に問い質されるのは、二年前靖野に出せなかった答えを迫られているみたいでつらい。

「心の中で思うことだけは何だって自由だろ？」

宗清の声は急に温和になった。強い波、の後の弱い波。繰り返し揺らしながら、泉をどこか遠い沖に連れて行こうとしているようだった。

「約束したよね」

そうっと、手のひらで両目に蓋をされる。避けるのはたやすかったのに、野良猫にこわごわ触れるような慎重さに却って抗えなかった。目の前には誰もいない。宗清も靖野も。

「誰にも言わないって。俺とあなただけの秘密だ」

ごぼ、と透明なあぶくを吐いて泉は見えない海へ潜る。言葉を吐いたら楽になる。

「——叶さんを、弟と重ねることはもちろんありました」

自分の声は、驚くほど凪いでいた。

「それは、懐かしい気持ちだけじゃなくて、その……アプローチされるたびに、弟もこんなこと言いたかったのかなとかしたかったのかなとか……苦しかったけど、いやではなかったです」

「逆に、俺が靖野くんに似ても似つかなかったら、近づかせてはもらえなかった？」

すこし考える、というか、宗清の問いを、青い水の底にいるもうひとりの自分に向かってそのまま伝達するイメージだった。そして浮かび上がってきた答えをまた宗清に告げる。

「そうだと思います。そもそもあの海辺で叶さんに目を留めることもなかった。ちゃんと、叶さんの性格とか考え方を知ればもちろん惹かれたでしょうけど、きっともっと時間がかかった」

「そうだな」

宗清がかすかに笑う気配がした。

「泉さんはすごく内に向かって閉じてたから、立ち入らせてくれなかっただろうね。今なら色々腑に落ちるけど。ごめんなさいって言われたわけも」

「ごめんなさい」

泉は繰り返す。

「叶さんが笑ってくれたり、俺のわがままを聞いてくれたりすると、靖野に許されたみたいで嬉しかった」

「でもそれだけじゃない、よね?」

「はい」

「でも、『はい』の後にまた『でも』ってつくんだよね?」

そのとおりだ。惹かれている、でも。ここにいてほしい、でも。靖野の面影を探すだけじゃない、でも。ちいさなプールの中で気持ちがぐるぐる渦を巻いていて出られない。

「叶さん、俺の考えてることなんて最初から全部わかってるんでしょう?」

「いや」

上着を羽織っていてもすこし肌寒い室内で、宗清の手のひらがじっとりしているのにその時気づいた。舌を伸ばして舐めたらきっと、海水よりはずいぶんうすい塩の味だ。

「最初の質問の答えがわからない。泉さんにとって靖野くんが恋愛対象になりうるのかどうか」

告白されて、異常だとも気持ち悪いとも思えなかった。その時点で泉もいくらか逸脱してしまっているのかもしれない。でも靖野のほかに兄弟はいないから、いったいどこまでが「普通」かなんてわからない。

「靖野は、いい子です」

泉は答えた。

「俺にとっては、どんな友達より気心が知れてて一緒にいると楽で、靖野にもし彼女ができたら……嬉しい反面、ちょっと面白くなかったと思います」

好きって、どこからだろう。どこで「特別」と「その他」に線を引けばいいんだろう。みんな「普通」にそれをわかってるんだっけ、とかつて「普通」の恋愛をしたはずなのに思った。どこから色が変わってるんだろう。

「――でも、やっぱり弟です。男同士である以上に俺はそこを越えられないと思う。たとえば、たとえばですけど、両親がいなくて、ふたりで知り合いのいない土地に行って、誰も傷つけず誰にも知られずに暮らせるって言われても、無理」

「……それは、」

数秒、ためらうように言葉を切って宗清は言う。

「裏を返せば他人なら対象になれるってことだ」

とっさにはイエスともノーとも答えかねた。だって靖野とは生まれてきた時から兄弟で、「他人の靖野」なんてそもそも存在しない。

「血がつながってるから無理、って強く言われれば言われるほど、血がつながってなければっていう意味かなとも思う」

「それ、不毛すぎませんか」

やっと反論した。

「だってありえないんだから。テレビで見るアイドルがお隣に住んでる幼馴染みだったら、って妄想するくらい不毛」

「ああ、ツンデレで気前よくパンツ見せてくれるくせにすぐ怒るのな」

見えないけれど、きょう初めて、宗清が心から楽しそうにしたと思う。泉はくだらないたとえを持ち出してよかったと思った。

でも次の瞬間、その声はぞっとするほど暗く深い場所に潜ってしまう。

「……そうだよね」

まったく同意などしていないのは明らかだった。

「叶さん」

たまらず泉は、宗清の手を払いのける。

「何が言いたいんですか？　――……叶さんて本当は、何か目的があってここに来たんですか？」

「目的というよりは、どうすればいいのかわからなかったから来た」

およそ似つかわしくない、頼りない台詞。思わずしぱしぱと瞬きをして宗清を見つめると、今まで見たことがない、きっと泉には見せないでいた弱々しい笑顔になった。

「俺も、泉さんと同じだよ。ひとりで抱えるのに疲れた。誰を恨んでも憎んでもないけど、ただ、重くって」

宗清はいつも明るくてやさしくて強かった。でも、靖野がずっと気持ちを押し殺してきたように、宗清も何かに張り詰め、何かを隠している。たとえもう会えなくなるとしても、泉はそれをちゃんと知りたいと思った。「話せばよかった」という後悔はもうたくさんだ。

「教えてください」

泉は言った。宗清がきっと欲しいだろう言葉を。

「……誰にも言いませんから」

すると、いつもみたいな陽気な笑顔にぱっとチャンネルが変わる。ああやっぱりこういう顔のほうが似合う。つらい時や悲しい時があるのは当たり前だけど、宗清にはいつもこんなふうに、昼間の明るい青空みたいに笑っていてほしいと思った。

「妖精の話を覚えてる？」

部屋の電気を点け、並んでベッドにもたれると、宗清はそう尋ねた。

「……夜にやってくるっていう？」

「そう。ヨーロッパの言い伝えらしいんだけど、妖精がやってきて、子どもをさらって……自分の子どもと取り替える」

「え」

自分と靖野。靖野と宗清。似ているふたり。「血のつながり」にこだわる宗清。まさか、そんな。でも宗清が示唆している結論はひとつしか考えられなかった。鼓動が急にピッチを上げたのに、頭からはすっと血の気が引く感じがする。

「それって――」

「最初から話すから、今は黙って聞いてて」

そっと泉を制すると、宗清は落ち着いた口調で話し始める。

「母親が死んだ後、病室のチェストの引き出しから手紙が三通出てきた。一通は母親に届いた手紙。だいぶ古かった。もう一通は、母親が俺に宛てた手紙。最後は、その、古い手紙の差出人に宛てた手紙。俺はまず、自分宛の手紙を読んだ——母親にはずっと好きだった恋人がいた。でもどうしたってうまくいくとは思えなくて、別れて結婚してやっぱり駄目で離婚して、出産した後、地元の産院で偶然再会した。お互いに、違う相手と実家の親を頼って出産するしかなかったから」

「待って」

つい泉は口を挟んだ。

「お互い、出産？」

宗清はまた、翳りのある微笑を浮かべた。

「恋人が『男』だとは言ってないよ」

「じゃあ……」

「話変わるけど俺、女の子同士っていいなって思う時があるんだ」

「え」

「うらやましいって意味。一緒にデートしても旅行しても『仲がいいんだね』ですませてくれるじゃん、世間が。男ふたりだと奇異の目で見られるようなことでもさ。でもやっぱり女ふたりはそれなりに大変で、男カップルより可処分所得は断然低いって統計があるんだよ。婦人科系の病気とか、男にないリスクもたくさんあるし、家に男手がないせいで怖い思いする時も多いと思う」

そういえば前に真帆が、訪問販売の人がなかなか引き下がってくれなくて困った、と愚痴っていた。

――お父さんが帰ってきたらすぐ逃げてったんだけどさー。

仮に真帆が武道の達人だったとしてもその恐怖はゼロにはならないだろう。

「いろんな問題を乗り越えられなくて結局異性と結婚するやつって俺の周りにもいるし、三十年くらい前になるともっとだろうね。女は二十代のうちに嫁ぐのが当たり前で、会社に入って働くとしてもそれは男の『お嫁さん候補』として。おかしいって声を上げる先もなけりゃ、同じように考えてる人間と出会えるネットみたいなツールもない。俺は、不満を挙げればきりがないけど、自分がまだ生きやすい時代に生まれてこられたって感謝してる」

自分の母親を思えばね、と付け加え「続き、話していい？」と断りを入れた。泉は頷く。

「手紙によると、母親は最悪な男と結婚しちゃったし、相手は夫に先立たれて、ふたりとも心身ぼろぼろの状態だったんだって。子どもを産んでも抱いても、この子のために頑張ろうっていう気持ちにはすこしもなれなかった。むしろ道連れにして死んじゃおうかって思い詰めるほど、何の希望も持てない状況で再会した。何のために別れたんだろう、男の人と結婚して『普通』の家庭を築くのが最善の道だって決断したはずなのに、向かい合って子どもを抱いたまま泣くしかなかった」

　宗清がこんな嘘をつくはずもないとわかっていても、その「相手」が自分の母親だとは、ちょっとというか全然信じられないでいた。だって自分は大事に育ててもらったし、義父とは（泉の見る限り）うまくいっているし、弟だって生まれたわけだし、そんなそぶりなんてすこしも——そこまで考え「そんなそぶり」って何だよ、と自問する。道行く女を熱っぽく見つめるとか？　ひどい色眼鏡だ。

　ちゃんと「聞く」んだ、と自らを戒めた。泉の感覚で受け容れられるか否かじゃない。ふたりの母親がどう生きて、自分たちがどうしてここにいるのか。

「でね、俺もつられてふぎゃふぎゃ泣き出したもんだから、とっさにうちの母親は、自分が産んだ子をベッドに置いて俺を抱きとって、母乳あげたんだって。手紙にも『何でそんなことしたのかよくわからない』って書いてあった。でも、自分の腹痛めた子には何とも思わなかったのに、俺の泣き声聞いた瞬間にものすごく苦しくなって、私が何とかしてあげなきゃっていういてもたってもいられない気持ち、まあ平たく言うと母性のスイッチが入ったみたい」

　母性なら、泉も知っている。靖野が病院に運ばれてからしばらく、母はことあるごとに涙をこぼしていた。将来を悲観するんじゃなくて、家に帰れなくてかわいそう、ひとりで夜を過ごさなきゃならなくてかわいそう、お腹に穴を空けるなんてかわいそう、寒いでしょう、怖いでしょう、どんな夢を見ているの……とても単純で濃密な涙だった。転んでひざをすりむいた子どもを手も貸せずに見ていなければならないもどかしさを一万倍に煮詰めたような。ある時点からぴたりと栓を閉めてしっかり現実に対処するようになったが、あの頃の母には、父とふたりで圧倒される場面がしばしばあった。横たわっているのが弟じゃなく泉でも、変わらなかったと思う。

「元カノは元カノで、ベッドに放置されて泣き出した子を抱き上げて『かわいいね』ってしみじみ言ったんだって。『こんなにかわいいんだ』って。その心境って俺には正直謎だけど、とにかくふたりはお互いの子を取り替えて、その後の人生をまた別々に歩んでいくことに決めた。本人にはもう訊けないけど、気持ちが残ってても別れを選ぶ局面っていうのはあるよな、とは思う。生きてるうちに話ができればよかったね」

やるせない寂しさをちらりと覗かせ、宗清は泉を見た。

「全部、俺の母親の主観だから、丸ごと信じてくれって言うつもりはない。でも俺はあの人を信じる。『宗清を抱っこしてると、どんどん力が湧いてきて、泣いてる場合じゃないって思えた。どんなことをしてもこの子をちゃんと育てる、私にはそれができるって信じられた』って書いてくれた手紙を信じる。気に入らないおもちゃを交換するような気持ちじゃなかったって信じる。ふたりともが、自分の足で立って生きてくためにどうしても必要だったんだ」

「……だから、血液型とか星座とか出身地とか、いろいろ訊いてきたんですね」

「そう。フルネームを聞いてまず間違いないって思ったけど」

こっちが何も知らないうちから探りを入れられていたのだと思うといい気分はしない。泉がかすかに顔をしかめるとすかさず宗清が「ごめん」と謝ってきた。

「母親への手紙は、泉さんのお母さんから。再婚して、もうすぐ子どもが生まれますっていう報告。母親は、ずっと返事出せなかったみたい」

「そんな残酷な」

と泉はつぶやいた。

「わざわざ教えなくたって」

「『これが最初で最後の手紙になると思います』って書いてあったし、すごく迷った挙句の手紙だったのは、字や文面を見ればわかったよ。葬儀の時一緒に焼いちゃったけど……。後ろめたい気持ちも、許されたいっていうエゴもあったと思う。でも別れたんだから、新しく好きな人つくって結婚したっていいじゃん。それが男だったからより深い裏切りだってのはおかしいし、母親が誰ともつき合わずにいたのはつめたい言い方すりゃ本人の勝手だ」

「意外」

「何が」

「うちの母の……って言っていいのかですけど、味方するなんて」

「だって手紙に書いてあったんだよ」

宗清は言う。

「『生まれてくる子と泉を絶対に差別しないし、泉を悲しませるような結婚にはしません。ふたりとも私の子どもです』──泉さんを見てて確信した。彼女は、手紙に書いた約束をきっちり守ってくれたんだって。そうだろ？」

「……そうです」

「『うちの母』って言っていいんだよ。あの人が泉さんのお母さんだ。そして、俺にも去年死んだ母親しかいない。泉さんを送ってった時、立派な家だなーって見上げた。もしかすると俺がここに住んでたのかもって想像したけど、それが特別にすばらしいとは思えなかった。狭いアパートでも母親とふたりで楽しかった。あの人がいなきゃ、今の俺はいない」

「俺だって──」

携帯が鳴った。母からの着信だった。液晶と宗清を交互に見て逡巡していると「出なよ」と促された。

「心配してんだろ」

こんな秘密聞かされた後で何を話せって？　と思ったが、「もしもし」と案外すんなりいつもの声が出た。自分の演技力ではなく積み重ねてきた日常のたまものだと思う。

『泉？　どこにいるの？』

「あー……こないだ送ってくれた人んち。きょう、泊まるから」

『ええ？』

「あしたの朝、靖野のとこにはちゃんと行くから」

『それはいいけど、そんな病み上がりで……先方にご迷惑でしょう』

「大丈夫、もう治ったから、平気」

珍しく泉が強弁すると、母は「無理しないでよ」とだけ言い残した。いろいろ不審に思っただろうが、靖野が入院して以来、初めて外泊を望んだ息子に譲歩してくれたのだと思う。

「……泊まるんだ」

電話を切った後、宗清が言った。

「すいません泊めてください」

「いいけど、あしたはちゃんと家に帰れよ」

「そんな邪険にしなくたっていいじゃないですか。どのみち日曜からは泊まろうと思ったって泊まれないのに」

「邪険ていうか、俺が原因で家出とかやめてって話。泉さんだって、怒ってるわけじゃないだろ？」

「そうですけど、きょういきなり聞かされても消化しきれないし、どんな顔して家に帰ればいいのかわかんないです」

「まあ、俺も生きてる母親から教えられたら動揺しただろうな。……泉さん」

改まった口調で呼ばれたので心持ち居住まいを正す。

「はい」

「ごめんな。引っかき回すつもりじゃなかったんだよ、本当だ」

「それはわかってます」

宗清は、いきなり泉の母親に会いに行くことだってできた。でもむしろそれを避けた。

「三通目の手紙……母親が、泉さんのお母さんに宛てた手紙を、今でも持ってる。すでに封された状態だったから中は読んでない。母親は、容態が急変してそのまま意識が戻らなかったから、それをどうするつもりだったのかわからない。投函するつもりだったのかもしれないし、気持ちを整理するために書いただけで満足したのかもしれない。一年考えた。でも答えは出なくて、とりあえず宛先の場所に行ってみようと決めた。とっくに引っ越してるかもしれないし、もし見つからなければ手紙は読まずに捨てちゃおうと思ってさ」

「見つかったら？」

「それはその時考えるつもりで。はっきり言って半分以上、いないと思ってたな。でも一周忌終わったら急にぽっかりきて。悲しいっていうか空しいっていうか、この世にひとりだなって……言葉にするとすげーこっぱずかしいんだけど、そんな感じ。だから、母親につながる人間がいるんなら、遠くからひと目でもいい、会いたかった。目的をつくって、結果がどうでもとにかくそこへ向かって動かないとまじで腑抜けになっちゃう気がして」

前に、宗清がここで言った言葉。

――うん、まあ、寂しいんだな、俺は。つらくはないけど寂しいよ。

――すごく寂しくて、だからここに来たんだ。

「どう……でした？」

自分でも曖昧すぎて何を訊きたいのかわからなかった。

「今でも、手紙は保留って感じ。母親が恨み言を書いたとは思わないけど、今、たいへんな状況にいるお母さんの負担になったら申し訳ない。投函してほしいっていうのが故人の遺志なら親不孝になるわけだけど……」

ちょっとためらいを覗かせた後、からりとした口調で言った。

「言えずに死んじゃったんだからそこはそういう巡り合わせってことで、諦めてもらわないと」

「何でそんな割り切れるんですか？」

「割り切ってたら捨ててる。死んだ人間をないがしろにするつもりはないけど、生きてる人間を優先するのは当たり前じゃんか。生きてる人間の、幸せになりたいとか誰かと一緒になりたい、この人を好きでいたい、抱きたい抱かれたい……きれいなことばっかりじゃない欲が俺は好きなんだよ。生きてる特権だから大事にしないと」

生きて。食べて飲んで眠り、また目覚めて。生きている泉は、生きている靖野を待っている。毎日、人のやさしさにも意地悪さにも触れながら。「おはよう」とあの時かけられなかった言葉を携えて。

そうだ、大事にしよう。

「答えが出ないままでも、こうして泉さんに話せてすっきりした」

重い雲が晴れた顔で「泉さんは？」と問い返す。

「聞かなきゃよかった？　何で今さらそんなこと言うんだよって思ってる？」

「いえ、自分のことですから……混乱はありますけど、聞いてよかった」

自分のために、というよりは、宗清ひとりに抱え込ませておかなくてよかったと思う。

「証拠っていったらあんまいい感じしないかもだけど、泉さんのお母さんとＤＮＡ鑑定しろって言われたらするよ」

「いつかは、お願いすることもあるかもしれないです」

叶さん、と呼びかけた。

「うん？」

「寂しいからここに来たって言ってましたよね。ここでそれは——……減った？　軽くなった？　解消された？　えっと……」

「適切な表現を模索しちゃうのは職業病？」

泉の迷いを、笑う。

「そういうわけじゃ」

「会社行かないのって楽だし、海は見てて飽きないし、すごいいい気分転換になったよ。うまい店もあってさ。泉さんにも会えたし」

にこ、と細まった目やきゅっと上がった口元を見ると、泣きそうになる。

「また、そんなこと言って」

「ほんとだよ。見た瞬間に、あー俺の好きな感じ！　って思った。ちょっと憂いのある、独特の雰囲気。ほんと弱いんだよね、しかもそっちから食いついてくれたし」

「食いついてません」

「そうだっけ？……『西海岸』で名前聞いた時、びくーってなった」

「嘘、平然としてた」

「驚きが極まってただけだよ。そんで、ありふれてない名字、俺にやたら似てるっていう弟……眠れなくてざわざわした。こんなにすぐ会えちゃってどうしよう、この人が何も知らないんなら俺は言うべきなのか？　ってすごい考えたし……」

宗清の、手のひらのつけ根がそっと頬に押し当てられた。

「靖野くんのこととか知ってくにつれて、自分がここに来たのは何か意味があったのかなって思うようになった。もっと言ったら、泉さんを何かのかたちで助けられるんじゃないか、そうしなきゃいけないんじゃないかって」

「はい」

泉は迷わず答えた。

「たくさん、たくさん、助けてもらいました。……ありがとう」

ございます、まで言いたかったのに、抱きすくめられて呼吸が止まる。

「いずみ」

怒ったような、何かをこらえるような、SOSを出すような。

「寂しいよ。泉と離れて東京に戻ったら、ここに来る前よりもっと寂しい。どうしよう」

「叶さん」

「弟が起きたら、説教してやる。こんなに泉から愛されて大事にされて傍にいられるのに、ぜいたく言うなこの野郎って」

泉と宗清の、弟。

「……ごめん」

今度は打って変わって静かな声が、耳の後ろから聞こえた。

「情けないな、俺。やさしい気持ちになれない」

「なくない」

泉は背中に腕を回した。ぎゅっと力を込めた。宗清の寂しさも呼吸も時間も全部止まってしまえ。

「なくても、いい。俺しかいないんだから。……秘密なんだから」

「泉」

ベッドに押しつけられ、唇を押しつけられた。

泉は拒絶しなかった。その代わり誘いもしなかった。押しつけて、でもそこで行き止まって先に進んでこない唇はすぐ離れ、代わりに湿ったささやきが忍び込んできて泉の舌をしびれさせた。

「やらせて。お願い。……抱かせて」

その言葉を吹き飛ばすように泉はふっと笑いの息を吐き出す。

「何で言い直すかな」

「我ながらひどいなと思って。……もう、答え迫ったりしないから」

「要は身体だけでもいい、って？　それもひどくないですか？」

「でもそう思ってんだもん」

拗ねた宗清はちょっと子どもみたいだった。この人がどんなふうに育って大きくなったのか、もっとたくさん知りたいと思う。宗清の——泉の、母親とふたりで。

初めて泉から、ごく軽くキスをした。ビー玉みたいにぎょろっと丸く見開かれた宗清の目を見て「わかりますよ」と言う。

「そういう気持ち。……俺も、男だから」

「……ありがとう」

了承の意思はちゃんと伝わった。宗清はすぐにいつもの飄々としたペースを取り戻し「シャワー浴びる？」とまるで泉と当たり前にそうしてきたように尋ねた。

「あ、家で入ってきたんで」

「そっか。じゃあ俺、使っていい？」

「はい」

ひとり、ベッドに腰掛けてどうしたらいいのかなとぼんやり考えた。服は脱いでおくべき？ とか照明のこととか。初めて女の子とした時の手順を思い出そうとしたけれどちっとも浮かんでこなかった。初めてじゃないセックスも。そんなに動揺しているつもりはないのにところどころ頭が白飛びしているらしい。

そもそも「抱いた」経験を思い起こしてどうなる。抱かせて、と求められた以上、泉の役割はそっちじゃなくて——でも、女みたいに抱かれてくれ、という意味でもないんだろう。泉の中ではどうしてもイコールになってしまうので気の持ちようが難しい。

どうせあの人初めてじゃないんだし、深く考えなくていいのかな。自分の心を軽くするためにそう思ったのに、ずきりとした。誰かを熱心に口説いて、それは泉と同じく男と寝るなんて考えもしなかったような誰かかもしれなくて。ああまたこの、正当性のない嫉妬。泉は落ち着かなくてつい立ち上がる。シャワー待ちなんかしてるとあれこれ考え込んじゃってよくない、ともどかしかった。でもたぶん宗清は、敢えて考える時間をくれた。結果「やっぱ無理」と泉が逃げ出しても責めはしない。

玄関に行った。靴を履くためではなく、置いてある写真をちゃんと見たかったから。宗清の母親は改めて凝視してもやっぱり「宗清の母」で、遺伝子的には自分と母子だというのがぴんとこない。生身の彼女と対面したら違う思いもあっただろうか。コルクボードを両手でそっと持ち上げると、裏側にテープで留めてあった何かがひらっと下駄箱の上に落ちる。茶封筒だった。宛先は「和佐美優紀様」。母の名前だ。

　これが、宗清をここまで連れてきた手紙。出せなかったのか出さなかったのか、どんなことが書いてあるのか。宛名は子どもみたいにたどたどしい文字で、ところどころふるえていた。きっともう、だいぶ具合が悪かったのだろう。捨てることも投函することもできずにここまできた宗清の迷いが、初めて理解できた気がした。泉は手紙を元に戻し、ベッドの上に座った。やがて宗清が出てくる。

「……よかった、いたー……」

　泉の存在を確かめて、開口一番そう言った。

「いますよ」

「え、だって玄関に行っててただろ？　シャワー浴びながらすっごい気配窺ってて……ほんとは飛び出したかったけど」

「います」

　とだけ泉は答えた。

「……うん」

　宗清は、まだ濡れたままの髪をかく。ベッドの、ちいさな読書灯だけを残してほかは全部消した。お互いに何となくそっぽを向き合って服を脱ぐ。

「叶さん、脱いだり着たり忙しいですね」

衣擦れの音に身体がこわばってしまいそうで、なるべく明るい声で打ち消してしまいたかった。

「うん。……どうだったっけって思って」

「え？」

「全裸だとびびらせるかも、じゃあ腰にタオル？　パンイチ？　って迷っちゃった。服着るにしても靴下は？　とか……あっれー、今まで俺どうしてたのかなってちょっと呆然」

「……ああ」

宗清も同じだとわかるとすこしだけほっとした。

「叶さんて、女の子としたことあるんですか」

「あるよ。女の子とは生理的に無理ってタイプもいるから、俺は若干バイ寄りではあるのかもね」

あっさり認める。

「いつ？」

「若かりし頃。俺って何なんだろう、頭おかしいのかな？　ってちょっと悩まないでもなかった年頃ね。一応行為としてはちゃんとできたよ、最後まで。それでやっとはっきりしたというかふんぎりがついたというか腹を括ったというか……俺が欲しいのはこれじゃないんだなと思った。はなから実験みたいな目的で、相手の子にはすごく申し訳ないことをした。だから適当な気持ちで寝るのだけは、今もしない」

脱ぐもの全部脱いでしまえば寒いし心細いからベッドに潜るしかない。狭くて、素肌があっちこっち密着する。女の子みたいにひんやりとやわらかくはない。でも、この下で血が通って細胞が働いている、体温を持った肉体。男でも女でもただそれだけだと思った。

「どう？　気持ち悪くない？」

「何でそんなこと訊くんですか？」

質問が悲しくて泉は顔を伏せる。宗清の鎖骨に額が当たって「いて」という声がする。そんな確認をしなきゃいけないセックスは哀しい。宗清がしたいのは、こんなことじゃないだろうに。

「俺が煮えきらないのが悪いけど、でも、ちゃんとここにいるじゃないですか……」

「ごめん」

宗清は驚いたように謝り、それから泉の頭を軽く撫でた。

「頭でその気でも身体が拒否するかもしれないし……うん、でもごめん。俺も自信がないっつうか、傷つきたくない。泉さんにつけ込んで駄々こねて、でもこのまま帰せないって思って……自分が分裂してる」

傷つきたくない。初めて宗清が当たり前のエゴを晒してくれた、と思った。それが嬉しくて、気づいたら泉は笑っていた。

「何だよ」

「だって、何か——叶さんが、かわいい」

仕事の時よりも真剣に、湧き上がってくる感情にふさわしい表現を探した。ちゃんとわかってほしいから。すると泉の口をついて出たのは「かわいい」で、宗清は黙り込んでしまう。

「……叶さん？」

怒ったのだろうか、と顔を上げると怒ったようではある、恥ずかしそうな顔が近い。

「もー……いきなり何言ってんだか」

「自分だって言うくせに」

「俺はいいの！　あーびっくりした」

「でもかわいいですよ」

「いいって！」

宗清はやおら身を起こすといつかみたいに両腕で泉を囲い込んだ。

「そんなことばっか言ってると仕返しするよ」

いつかと違って、泉はちゃんと背中に腕を回して応えた。抱き合う体勢になると、宗清の下腹部が兆しているのがはっきりと伝わってきて、焦る。自分の興奮はそこまで届いていない。追いつけるだろうか。

唇を舐めた舌が、口内に忍んでくる。なめらかにねっとり熱いそれは南国の果物をじっくり発酵させたみたいだった。表面がかすかにざらついて種っぽいのとか。宗清は、泉の舌をどんなふうに感じているのだろうか。

「ん」

口蓋をなぞられてくすぐったい。くすぐったくて洩らす息が湿っている。泉も宗清の肩甲骨を繰り返し撫でると同じ吐息が口の中に転がり込んできたので、思わず飲んだ。その時、欲望の火も一緒に入ってきたと思う。だって胃の底がじんと熱くなったから。

何かが始まる時、終わりの場面を想像するくせがあった。遊園地に向かう車の中では、帰路の後部座席で船を漕ぐ弟の横顔や車内に射し込む黄昏の光の色を、試験中なら最終日に解放されて寄り道する自分を。靖野が入院してからは、目覚めたバージョンとそうじゃないバージョン、両方の未来を。

でも今、この交わりの後、というのをまるで思い描けなかった。自分がどんなふうになって、宗清と何をしゃべるのか。見通せない将来は怖いはずなのに、泉は確かにわくわくしている。底なしの青い水へと潜っていく弟も、もしかするとこんな気持ちだったのかもしれない。

くちづけを繰り返すうち、互いが互いの素肌に慣れて馴染んでいくのがわかる。すべてが終わったら、絵の具を混ぜ合わせたようにまったく違う色が生まれているだろうか。手のひらで頬を包まれたと思うと、すぐに顎のライン、喉、首、と宗清は触れる。視線と体温が泉の裸に新しい認識を植える。自分がほかの男から性的に生々しい欲求を抱かれる存在だということ。見られて、触られて、ぞくぞくする。

痛いようなむずがゆいような、今まで知らなかったところから新しい何かがぷわっと芽吹いた感覚。それは、爪の先で乳首を軽く引っかかれた時きゅっとちいさく凝縮されて泉に声を上げさせた。

「あ、」

自分の耳に届く響きが、今まで「自分の声」だと思っていたものとあまりに違いすぎて、最初は空耳かと思った。でも、胸の上のかすかな色づきを指でこすられるとまた同じ音がこぼれる。意図しても絶対出ない、すこし媚びるような声音。

「あ……あ、っ」

思わず口元を押さえると、こちらを窺う宗清の視線とぶつかった。

「あの……俺、これ、合ってます?」

思わずそう尋ねてしまう。

「へ?」

「や、あの……何て言うのかな……これで大丈夫? みたいな……あー、いいです、何でもないです、忘れてください」

今まで好奇心で抑えてきた羞恥が急にむくむくと姿を現し、目を伏せる。宗清は「合ってるよ」とささやいた。

「大丈夫、すごくかわいい」

「さっきの仕返し？」

「違う違う、ほら」

宗清が泉の手を取って生の性欲へと導いた。

「……めちゃくちゃ興奮してる。わかる？」

スイッチが入っているのはさっきから伝わっていたが、じかに触れたそれは息苦しいほど密な存在感で、泉は唇を引き結んでこくこく頷いた。自分じゃない男の性器に接するのなんてもちろん初めてで、よく知っているはずなのに、ああこんななんだ、とどこか新鮮な感情が湧いてくるのは、セックスはおろか行為への欲求からも遠ざかっていたせいかもしれない。

自分としたくてこんなに硬くなっているんだと思ってもまったく嫌悪がなかった。発情で満たされたそれは宗清の人格から独立した別の生体みたいで、いじらしい感じさえしたからやわらかく指を這わせる。

「っ、」

濡れた吐息が、泉の肌の湿度を上げた。

「すいません」

とっさに離そうとした手を押さえつけられる。

「……触って、泉」

一方的にされるばかりよりは、自分から能動的にできることがあるのは安心した。握って扱《しご》くと宗清がせつなげに目をしばたたかせ、女とは全然別種の色っぽさにくらくらする。もっと見たい。

手の中で興奮していくものの脈の速さに、自分の鼓動が追いついていく。ほっとする し怖い。愛撫というにはぎこちなさすぎる施しに猛っていく性器。

「泉さんて、自分ではするんだよね」

「え……？」

「や、だからさ」

要するに自慰を指しているのだと察すると「当たり前じゃないですか」とむっとして答えた。

「しますよ、普通に。男ですから」

「ごめん、怒らないで。あんまたどたどしいからつい」

逆に燃える、と耳元で吹き込まれて「ん！」と肩をすくめた。

「……どうせ、じょうずな人とばっかりしてたんだ」

「そういう意味じゃないって。ほんとにごめん、機嫌直して。せっかく、楽しいことしてるんだから」

ほら。泉とは段違いに確かな手つきで脚の間をまさぐる。そうされて、自覚していたよりもずっと張り詰めていたのに気づいた。

「あっ……！」

自慰くらいする。でも、特にここ二年は、成りすぎた作物を間引くように生理的な排出を手で促すだけの機械的な作業に近かった。だから、性器を悦ばせようとして絡みつく指の手管は強烈な快感をもたらした。

「や、やだ……っ」

「気持ちいい？」

「や」

正直、過去の数少ない恋人にも手でされた記憶がほとんどない。彼女たちはなぜか一様にさほど積極的じゃなかったし、こちらとしても要求しようと思わなかったから。単純に性器と性器が交わるという意味でのセックスはしてきたけれど、泉の経験はとても乏しい。

「あっ、あぁ」

だから知らなかった。他人の手にいやらしい意図でこすられるのがこんなに気持ちいいものだとは。

「あ、んんっ……！」

乳首に押し込まれた指先が、痛覚にも似た快感を埋め込む。そこで感じることができるのだと教えられてしまった。

「泉、ここ好き？」

「や」

すっかり反り返って宗清のほうへさらけ出した発情の裏側、その先端近くを心得た強弱で弄ばれ、鼓動はもうこれ以上短く刻めないほどに速い。宗清を追い越してしまったかもしれない。

「わかんない……」

「嘘、教えて」

「や、こわい」

「俺が？」

「……自分が」

水脈を掘り当てられたように次々あふれてくる性感に溺れそうなのが。

「俺も」

宗清が言った。

「興奮しすぎてやばい、びびる」

「……あ！」

硬直した先端が泉の性器に触れる。そのまま、指でひとまとめに密着させられると弾ける寸前の脈動が心臓にまで届いて共鳴した。へその下で快感が大きくうねり、皮膚をぼこぼこ波打たせるかと危ぶむ。

「もう……」

「いく？」

「も、いい、です」

「なんで」

「恥ずかしい」

「バカだな」

風邪っぴきの時よりずっと上気した頰を舌で撫で上げ、宗清がささやいた。

「これで恥ずかしがってたら、次のことなんかできないよ」

その言葉と、ぐり、と昂ぶりを逆撫でた宗清の熱さに目がくらむ。腰を浮かせ、ねだる格好で射精した。細い管からの、一瞬の放出に過ぎないとは思えない、何かが決壊したような激しい絶頂だった。宗清もほぼ同時に出して、弧を描いたふたりぶんの精液が腹を汚す。火傷しそうに熱い気がしたのに外気にすぐ冷えていく。宗清は枕元のティッシュで泉の身体を拭うと、「ちょっと待ってて、いろいろ持ってくる」と脱衣場に引っ込んですぐ戻ってきた。手にちいさなポーチを持っている。

「ゴムと、ローション」

「旅先にまで？」

「そこ突っ込む？　俺にとっては常備薬と同じだもん。使うか使わないかは別にして、ある程度の期間出かけるんならあるに越したことない」

現実的な物品を目にしたら「次のこと」という言葉を思い出し、怖い要求をされていているのに引きかけた熱がまた上がる。沖のほうで白波が立つ。ああ波だな、と思っている間にもそれはするするやってきて泉の足元を濡らすのだ。

「枕、縦にして抱いてると気持ち的に楽だよ」

じゃあ、とおっかなびっくり身体を反転させ、両腕で枕を抱え込んだ。

「ちょっと腰触るよ……そう、持ち上げて、膝立てて」

機械的なほど手際よく（きっと敢えてそうしてくれたんだと思う）体勢を整えられると病院の診察台と錯覚しそうだった。

ひゅっ、と掠れて甲高い、笛のような音。それは宗清がボトルの中身を押し出した反動で、細い穴から空気が入り込んだからだ、と見当がついた。

「指、挿れるよ」

最初の一瞬はローションのつめたさに、そして次の一瞬は後ろを撫でられる感触に、また次は後ろを撫でた指がコンドーム越しに体内へと潜ってくる感覚に、それぞれ違う鳥肌がぶわっと立った。

「う……」

それでも、枕に口元を押しつけて拒絶の言葉を飲み下したのは、宗清を傷つけたくなかったからだ。大人は、傷つきたくない、と言葉にするのだって勇気がいる。やっぱりね、中途半端な気持ちで許容しようなんて思うなよ、と失望されるのはいやだった。

「泉」

気遣わしげに名前を呼ばれるのが、変わらず嬉しい。つらい行為を強いられている、とはすこしも思えない。

「泉、ちゃんと息してる？」

声を出さずにただ頷くと「もうちょっとだけ我慢して」と言われた。

「ふ……っ」

指が、今度は引く動きをする。と思えばぎりぎりの地点からまた挿《はい》ってくる。抜かれてほっと弛緩する肉体の隙を突いて、宗清はすこしずつ奥へと進んでいった。その手つきは慎重でありながらおそれというものがなく、安心できるといえばそうなのだけれど、ああほかの人と経験してきた人のやり方だ、と悲しくなった。泉の緊張も泉の反応も、宗清にとっては誰かの顔を重ねられるリプレイなのかもしれない。

「んっ」

頭の中にあるあてどのない嫉妬にまで触れられた気がした。まとまった思考ができなくなるのはいっそ楽かもしれない。強張るのにも疲れたのか、指を含まされたままのところは、半端に麻酔を打たれたみたいな気だるい痺れを覚え始めていた。いつの間にか二本に増えた指が慎重に、でも怯まず泉の体内を行き来し、性器から得るのとは違う、初めての感覚を探りあてる。

「……っ、ああ！」

気持ちよくて得体が知れない、不気味だと思ったのは初めてだった。

「ごめん、びっくりした？　でも大丈夫だから、俺に任せてみて」

こんな時でも宗清の言葉はちゃんと有効だった。誰かを信じて全身を委ねられるって、実は愛や恋より難しいかもしれないのに。深く息を吐ききって、心臓の動揺をなだめる。

「だいぶやわらかくなったね。わかる？」

「っん……」

気づけば、喘いでいる自分に対する疑問めいた気持ちはなくなっていた。こんなことするわけがないと、きのうまでだって思っていたはずだ。泉という存在も日常も常識も、もろい。ある日突然弟が眠ったままになったり、実は弟じゃなかったり、男に抱かれたり。何でもありだ。すくなくとも、ひとりのちっぽけな頭で考えうる世界のかたちなんて、現実はあっさり飛び越えていく。

そうだ、このセックスで気持ちよくなったっていい。

その気持ちを後押しするように、宗清が泉の背後から脚の間に手をくぐらせ、反り返る発情をなぞる。

「気持ちいい？」

「あ……」

指が抜かれ、一瞬空隙《くうげき》を抱いた粘膜の寂しさは、すぐに押し当てられた雄の硬さ熱さに上書きされる。

「んん……!!」

思わず枕を噛み締め、くぐもった呻きを洩らした。あんなに馴致《じゅんち》されても、本物の性器が持つ濃密な質量は焼けつくような痛みをもたらす。やわい布地を食い破って羽根を散らかしてしまいそうだ。食い込んでくる宗清の発情。それは泉を内側から圧迫し、元々の身体の配置を微妙に狂わせる。

「ん、んぅ……」

ごめんね、も、もうちょっと、も、泉の気を逸らす言葉を宗清はもう言わなかった。ただ、逃げようとする腰を無情なほどの力で捕らえて、じわじわと結合をしみ込ませるように挿入する。欲望のあらわな、荒い呼吸。ちゃんと抱きたいと思ってくれてる、自分を欲しがってくれている。その気持ちだけできつさに耐えた。

適当な気持ちで寝ない、と言った宗清は正しい。まじめじゃないと、セックスなんかやってられない。

「泉――」

食いしばった歯、つりそうなほどぎゅっと閉じ合わせたまぶた、その間からでも宗清が呼ぶ名前はちゃんと届く。宗清のものだったかもしれない名前。でも俺、「宗清」って柄じゃないな。ちょっとだけ笑えた。

「ふ――っ」

腰をがっちり押さえていた手から力が抜け、どうにか収まるには収まったらしいと悟る。かろうじて破れはしなかった枕カバーは唾液にまみれてよれよれだった。

「……挿ったよ」

何て答えればいいのかと迷った。はい、って間抜けだな。苦しいです、ってわかりきってるだろうし、嬉しいとかでもないし。

「……お疲れさまです？」

「何だそれ」

詰めてこらえていた息を、宗清が一気に吐き出して笑う。下半身に響いて鈍く痛んだが、耐えられる、と思うことにした。

「え、だって……」

本来なら殺せるはずのない衝動を殺しながらゆっくりしてくれたのをちゃんと知ってる、と伝えたかったのだ。

「いや、言わんとすることはわかるんだけどさ……まいったな。何で泉の言動ってこう、いちいちツボに入るんだろう」

好きだよ、と何度目かの告白をされた。

「返事はいらないから」

そのまま、自分で口にした「好き」を振り落とすみたいに腰を揺すった。

「あぁ……」

ラテックスの膜を隔てた宗清の性器を感じる。石のようでも鉄のようでもあるほど硬いのに、どうしようもなく生々しい脈を抱いて泉のなかにある。その、生きた芯の温度がじょじょに浸潤してくるのがわかる。指に慣れたように、この漲った欲情にも慣れる。慣れてしまう。

「んっ……あ」

初めは、穏やかな前後だった。性交というよりは儀式めいていたかもしれない。幾度も指に引っ掛けられていたちいさな火種に、性器の張り出した部分がこすれると砂鉄が吸い寄せられるようにぎゅっとそこに性感が集中し、ほかの部分をわずかに寛げた。

「あっ、あ、あ……」

動く余地なんてないと思えた結合部が単純なきつさだけではなく締まり、宗清を締め上げる。その都度宗清が得る快楽がダイレクトに伝わってきた。波のリズムは速く、しぶきは高くなっていく。

いつの間にか泉は、痛みではなく快感に枕を揉みしだき悶えている。指が届かなかった深度までなめらかに宗清を啜り、まるでそのために誂えられたみたいにぴったりと添ってみせる。

「いい、よ、泉、すごくいい、ああ、どうしようこれ」

艶と幼さの両方がにじんだ、ふしぎな声音だった。手慣れた自分が、初めての宗清を導いたと一瞬錯覚しそうなほど。

やわらかな奥地に打ち寄せてくる鼓動が血管に乗り、泉のすみずみにまで行き渡る。交わっている、というほかに感想は浮かんでこなかった。交わっている、今、これ以上ないやり方で。

「ああ、っ、あ、や、ぁ……」

宗清の硬さ、宗清の熱さ、宗清の速さ。すべて留めておきたいのに、まならで白い星が光ったと思うとそれはどんどん大きくなり、目が眩む。膨らみ弾けて泉の中から出ていってしまう。

「あ……っ、待って、待って、叶さん」

待って、まだここにいて、と望むのは行為に対してなのか、それとも宗清そのものなのか。

「っ、むりだよ……」

「あ――」

ぐ、と宗清が嵩増したのがわかる。射精される、と思うと興奮でぞくぞくした。すこしの嫌悪もなかった。つながったまま宗清が、達する。

「泉……」

重なってきた唇も絡め合う舌も、ことの始まりよりずっとやわらかく甘かった。宗清の背中にびっしょりかいた汗さえそうかもしれない。

「ごめん、もっとしたい」

「あっ」

今度は正面から両脚を抱えられた。後ろに押しつけられた先端は、すでに芯を持っている。さっき覚えたばかりの官能、体位を変えられたことによる新しい官能、それがまだらになって汗ばんだ素肌を染め上げた。

「あぁ……っ」

律動でこすられるたびに粘膜が敏感になっていくのを自覚する。濡れる機能などないはずなのに、思ってしまう。あふれる、と。身体の奥、心の奥、泉自身にもよくわからない場所からわからないものが、けれど確かにあふれてくる。

あふれて泉を呑み込んで沈めてしまう。視界が青くなる。

靖野のことを思った。靖野も俺とこんなふうにしたかった？　そんな未来もありえた？　これからあるかもしれない？

浮遊しかけた意識は、性感によって肉体へと叩きつけられて戻ってくる。

「……あ！」

「今、弟のこと考えてなかった？」

軽いのは口調だけで、怒っているのは明らかだった。肌を合わせると意思疎通も鋭敏になるのだろうか。

「ごめんなさい」

「許さない……悔しかったら起きてこいって話だよ」

深く強く、泉を貪りながら宗清がつぶやいた。

「今のままじゃ、恋敵にもなれない」

「あ──あ、あっ」

じんじんと火傷の波紋が引っきりなしに下腹部を苛み、細胞がぐずぐず熟れ融けてしまいそうに感じた。それから間もなく、性器の管を液状の弾丸が昇り弾け、手も触れられずにいった。手品みたい、というおかしさと、粗相をしたような気恥ずかしさは、とろりと温かな宗清の侵食にかき消され、寒気と歓喜の入り混じった身ぶるいをして脱力した身体同士を密着させる。

汗をまとった宗清の背中に腕を回し、ささやいた。

「……抱き合って落ちよう」

「ん?」

「前に、言ってくれた」

「ああ」

「叶さん」

力を込めても込めても手が滑る、でも込め続けた。

「俺、靖野とはしないです、こういうこと。ぜんぶ聞いた後でもやっぱりそう思う。靖野は俺の弟で、今までもこれからもずっと大事な家族です。俺はたくさん間違えて、後悔もしてるけど、その答えだけは変わらない。だから、伝えられる日が来たら傷つけてもちゃんと言います」

そしてどんなに傷つけたとしてもさよならはしない。靖野が自分を必要とする時には必ず傍にいる。だって家族だから。

「そっか」

腕で上体を支え、泉を見下ろした宗清の顔は意外そうだった。

「何ですか？」

「そんな早く結論出しちゃっていいの？　今まで過ごしてきたのと同じ時間考えたっていいと思ってた」

「だって、叶さんだってお母さんは育てのお母さんしかいないんでしょう。そこに迷いがないのと一緒です」

「ああ……俺、きょうだいがいないから、そのへんの感覚にギャップがあんのかも」

ふう、と息を吐いてまたキスをしてくる。泉もまた、いくらでも応えてしまう。全然飽きなくてやばい、と思った。唇と唇。身体と身体。ずっと接着されていたい。

「泉、気持ちよかった？」

真剣な問いに、真剣に答えた。

「はい、すごく」

「そっか、よかった」

「叶さんは？」

「すごくよかった」

「嬉しい」

「うん」

気持ちよくて嬉しい。気持ちよくなってくれて嬉しい。そのシンプルな感情さえ、これまでしてきたセックスには欠けていたと思う。

名前を呼び、呼ばれて嬉しいこととか。

忘れないとか、忘れないでほしいとか。

波打ち際に身体を横たえ、人肌の水に浸っているように安らかな気持ちだった。狭い部屋の中でふたりぶんの鼓動がじょじょに凪いでいく。


カーテンの向こうで朝の陽射しが明るく膨らんでいるのが、隙間から射し込む光のまぶしさでわかる。冬の澄んだ清さではなく、やわらかに淡い。もう春なんだな、とあちこち軋む身体を起こして泉は思った。腹の中の鈍い疼《うず》きより、脚の付け根や太腿の裏の、つったような痛みが気になる。今まで経験のなかった姿勢をさんざん取らされたせいだろう。でも、痛む身体を持っているというありがたみをまず感じた。

すぐ傍で眠っている宗清をまじまじと見つめていると、指一本触れていないのにくすぐったそうにまぶたをむずむずさせて目を開けた。

「……おはよう」

「あの」

「ん？」

「叶さんて、前からこんな顔してましたっけ」

「え？」

宗清は慌てて起き上がると「大丈夫？」と怪訝そうに泉を覗き込んだ。

「俺、やりすぎた？　混乱しちゃってる？」

「そういうんじゃないです。叶さんです、ちゃんとわかってます、でも」

そう、宗清の顔かたちだ。魔法が解けて何に変わったわけでもないはずなのに、泉はふしぎだった。

「……頭ではわかってるんですけど、今見たら、なにこの人全然靖野に似てないって思って、びっくりした」

何でだろう、というつぶやきに宗清は答えなかった。ただ「朝めし食いに行こうか」と笑った。

きのうの雲はすっかり晴れ、海も空も気前のいい青を広げてくれていた。前に行ったカフェまで車を走らせる。厚切りのトーストにバターをたっぷり塗ってすこしだけテーブルシュガーを振りかけ、ふかっとかぶりついた。しゃりしゃり甘くてしょっぱい。母親から『靖野のところに行くけど無理しないで休んでいてね』とＬＩＮＥがあった。

「ここで流れてた曲、教えてくれましたよね」

「『Born to lose』？」

「そう。あれってひょっとして、叶さんのお母さんから聞いたんですか？」

「うん。何で？」

小鉢に盛られたキャベツの千切りをしゃくしゃく食べる宗清は、やっぱり今まで知っている顔であってそうでなかった。誰に訊いても弟とそっくりだと言うだろうに、泉にとってはもう違う。重ねようとしても重ならない。セックスしたのが原因なら、肉体の影響力ってすごい。それとも自分が単純なだけなのか。

「……うちの母もあの曲知ってて、ちょっとびっくりしてたんで」

「ああ」

泉の母が宗清の母に教えたのかもしれない、その逆かもしれない。ふたりで聴いた夜もあったかもしれない。失うために生まれる。でも宗清は「生まれるために失う」と言った。その考え方を、今の泉はいいと思う。

「叶さん、ふたつお願いがあるんです」

「いいよ、何？」

「それ逆」

嬉しいけど、内容を聞いてから「いいよ」だろうに。

「あの、手紙。投函してほしいんです」

「……何で？」

「好きだった人が最期に向けてくれた言葉があるんなら、知りたいのは当たり前だから」

「いや、でも」

ゆで卵の殻を指先で細かく砕きながら宗清は迷う。

「余命少ない病人つったって、別に仙人みたく悟り開いてたわけじゃなかったからね。むしろ不機嫌とかひがみっぽさが全開になってる時も多くて、俺でさえ『はいはい元気で結構』って流すのつらかったりしたもん」

「誰だって家族には甘えるし、いつもいつもってわけじゃなかったんでしょう」

「そうだけど」

「大丈夫」

宗清が言ってくれるのと同じくらい、しっかりまっすぐ届くだろうか。とにかく心を込めて泉は言った。

「叶さん、会ったこともない靖野を信じてくれたじゃないですか。だから俺も、叶さんのお母さんを信じる。叶さんを育てた人が、恋人だった相手にひどい手紙書くわけない」

万が一、手紙を読んで母が傷ついたとしても、それは父と自分で支えたらいい話だ。だからもう、ひとりで背負い込まないでほしい。

宗清は目を閉じ、「大丈夫」をゆっくり咀嚼するように黙っていた。それから泉を見つめて静かに「ありがとう」と言った。

「でも、東京戻ってからでよくない？　この近辺の消印で届いたらストーカーみたいでびびらせちゃうかも」

ああ、こうやって細やかに気を遣うところ、好きだな。とてもすんなりそう思った。あまりに自然で、その気持ちを自分で通り過ぎてから引き返して「好きなのか」と確かめた。抱き合っている最中ですら答えに触れるのを避けていたのに。先が見えなくても、自分の中に生まれた気持ちを認められただけで泉は嬉しかった。いつか失うためかもしれなくても。

俺は、この人を好きでいていい。自分で自分を許していい。

「目の前で出してくれないと、またいろいろ考え込んでためらいそうだから駄目」

「厳しいな。もうひとつは？」

「靖野に会って行ってください」

泉は言った。

「これから？」

「はい」

「お母さんと鉢合わせしたら？」

「叶さんにお任せします。俺は何も言わないつもりだから」

いない時を見計らうのは、悪いことをするみたいでいやだった。

「俺も言わないだろうけど……まいっか、なりゆき任せで。靖野くんに会えるのは嬉しいし」

病院へと車を走らせ、途中でポストを見つけたので停まった。宗清は猛獣の餌やりみたいにこわごわとうすっぺらい封筒を差し込み、すとんと落としてから「やっちまった」という顔で目を閉じた。

「後悔してます？」

「ううん、こう、でかいスロットのレバーをがこんって下げた感じ？　まだぐるぐる回ってて、どの目が出るのかわかんないみたいな」

赤いポストの先には青い海が見える。泉は「病院の前にちょっと散歩して行きませんか」と誘った。

「いいね」

初めて出会った砂浜を歩いた。寄せるあぶくに反射する陽射しがまぶしい。光のひと粒ひと粒が虹の色をしていた。

「来た頃より、日の出の方角が変わってる」

こう、と水平線を指差す。

「海も、冬の間って鉱物っぽいのに、いつの間にかやわらかくなるんだよなあ」

「春ですね」

朝思ったことをつぶやいた。靖野がいない、三度目の春が来た。そして夏が来て、街がひとときお祭り騒ぎの賑わいを見せ、秋が来て、冬。

このまま年を取るのは怖い。でもそれより靖野が大事だった。誰を好きになっても、変わらない。

「泉さん」

「はい」

「一瞬だけ手ぇつなごっか」

「一瞬？」

泉は笑った。

「そう言ったら許してくれるかなって」

「要するに嘘なんですね」

それでも泉から手を差し出した。きゅっと力を込めれば、宗清は同じだけ握り返してくれる。それだけで泣きたいと思えるのは、夜のテンションをどこかで引きずっているせいだろうか。

「叶さん」

「うん？」

「好きです」

立ち止まるのは恥ずかしかったので足を進めながら言った。あてどなく歩けるから海辺は便利だ。

「……びびったー」

つないだ手からは特に伝わってこないが、宗清はそう答えた。

「もうわかってたでしょ」

「えー？　いや、うーん……もちろん期待はあったけど、もう答え迫っちゃいかんだろみたいな……ご縁っていうのはどうしてもあるし、事実上の失恋としてしばらく仕事頑張って紛らわすしかないなと思ってた。やだね大人って。こんな段取りしちゃうから」

苦笑してから「で？」と促す。ちゃんと自分から言えってことだな、と思った。

「……あの、俺は、いつまでこの生活が続くかわかんないです。靖野の傍についてるうちに親が死んじゃってひとりになって……そういうこともあると思います。それでも、靖野から手を離すって道はなくて、それは制限とか不自由だらけで、叶さんに対してできることが何もないのかもしれない。でも好きです。好きじゃないことにしてこのまま別れるのはいやです。俺は勝手で欲張りで、弟に重心を置きながら叶さんも欲しいと思ってて……だから、これからも会いたい」

身勝手を、身勝手と知りながら表明するのは緊張した。自分にそこまでしてもらう価値があるとは思えない。

「うん」

でも宗清は、力強く頷いた。

「わかった、つき合おう。泉が勇気出して言ってくれて嬉しい。ありがとう」

泉は立ち止まる。そうしないと、もらった返事が波にさらわれて遠くへ行ってしまいそうな気がしたから。

「……ほんとに？」

「うん。電車で数時間なんだから気軽に来られるし、休みが取れたら滞在もできる。電話もSkypeも何だってある、二十一世紀って遠距離恋愛にやさしいな。逆に、隣に住んでようが会えない時は会えない」

宗清の笑顔を、きのうまでと違う気持ちで見つめた。はっと惹きつけられるぶんだけ、いつまでこんなふうに笑いかけてもらえるのかなという不安が自動的に生じる。一秒先も怖くて、怖いからこそ好きだった。

本当に大切に思うなら、気持ちを隠したまま別れて、宗清がまた新しい恋に進めるよう祈るのが正しいんじゃないか、という迷いはきっと消えないけれど。

「つっても俺はできた人間じゃないから、今の、やったーって喜びが落ち着いたら、行きたいとこ行けないとか、その手の不満はおいおい出てくると思うんだ。ないほうがおかしいしさ。でも単純だから、身体でごまかされる自信あるよ」

「俺はごまかす自信ないですけど」

「大丈夫大丈夫、ゆうべの感じで十分」

「むり！」

明るい屋外にいると「ゆうべの感じ」なんて再現できる気がまったくしない、どころか半分夢だったような気さえするというのに。泉は手をほどいて来た方向へと歩き出した。

　波の模様に色濃くなった砂地を歩けば靴はずぶっと沈み、その足跡はまた新しい、威勢のいい波に覆われて浅くなる。あと数回ですっかり砂地は均《なら》されてしまうだろう。戸籍や子孫という「成就」を望めない恋愛はこんなものかもしれない。

　何も残らない。

　でも覚えてる。ひとりになっても覚えてる。

　そして歩いていく。


　病室の扉の前で、軽く深呼吸した。何度となく立ってきた場所だけど、きょうは隣に宗清がいる。そしてきっと、宗清のほうが泉よりもずっと緊張している。

「おはよう、靖野」

　いつものあいさつとともに引き戸を開けると、窓辺にいた母が振り返る。そして宗清の姿を認識し、未完成の曖昧な笑顔のまま固まった。

「母さんもおはよう。ゆうべごめん、帰らなくて」

　半端にほころんだ表情の下では「もしかして」と「まさかそんな」がせめぎ合っているに違いない、と想像すると泉は冷静でいられた。何も知らないし何も隠していないふりで話しかけると、やっとたどたどしい笑みを完成させ「ううん」と答えた。そして宗清にためらいがちな視線を送る。

「きのう、泊めてもらったんだ。前も家まで送ってくれて……叶さん」

「初めまして、叶宗清といいます」

名乗った瞬間に崩れ落ちたりしたらどうしよう、と心配しないでもなかったが、短い時間でいくらかの覚悟ができたのか、母はぐっと息を飲んでから「初めまして」と言った。

「息子がお世話になりまして……」

「いえ。こちらこそ、朝早くからすみません。もうすぐ東京に帰らなければいけないもので、一度お見舞いに伺いたくて泉さんには無理を言いました」

宗清は至ってビジネスライクというか「初対面における礼儀正しい大人の態度」で、フランクなところしか見ていないため結構新鮮だった。

「ああ、旅行でいらしてたのよね。……おひとり？　ご家族は一緒じゃないの？」

「ひとり旅です」

宗清は柔和に、しかしはっきり口にした。

「母が去年亡くなりまして、家族と呼べる人間はいないんです」

母の、ぎこちない微笑に大きなひびが入ったのがわかった。ふるえる声を取り繕いもせず宗清をまっすぐに見て「どうして？」と尋ねる。その時母が、ちいさな女の子に見えた。

「どうして死んじゃったの？」

「病気です」

「そう……」

うなだれて「お悔やみ申し上げます」とか細くつぶやいた。

「……大変だったでしょう……お気の毒に……」

「いいえ」

宗清の快活な否定は、はっと母の顔を上げさせた。

「いろいろありはしましたが、お気の毒っていうのは、たぶんちょっと違います。僕は母とふたりで楽しかった、母はいつも笑っている人でした。僕は幸せに育ててもらった、だから母も幸せだったと信じています」

そして母に近づくと両手を取ってぎゅっと握った。

「……ほんとうに？」

母が問う。

「本当に」

宗清が答えた。

「靖野くんと、すこしだけしゃべってもいいですか？」

「ええ」

「ありがとうございます」

宗清はベッドに歩み寄ると、目を閉じたままの靖野を見下ろす。ふたつの顔を、誰が見比べてもよく似ていると思うだろう。でも泉の目にはやっぱり全然違って映った。

「初めまして、おはよう」

存在を確認するように指先でそっと額に触れ、それから、手のひら全体を載せた。

「ちょっと熱いかな？」

「今朝から微熱が出てるの」

「そうですか。じゃあ、しんどいな。ごめんな、急に来て。すぐ帰るから。……また来るけど」

半分開いた窓から穏やかな風が入り、カーテンをふわりとひらめかせた。室内は白く清潔な朝の光であふれそうだった。その輝きが宿ったのか、靖野の顔もいつになく生気に満ちて見えた。

宗清はかがみ込み、おまじないみたいにささやいた。

「深く潜りすぎちゃったんだな。早く上がっておいで。みんな待ってるから」

目を覚ますんじゃないか、と思った。落胆をおそれ、過度な期待を殺し続けてきた泉が、久しぶりに強く望んだ。

起きて、靖野。今だよ。今だろ。帰ってきてくれ。

靖野のまぶたはぴくりともしなかった。けれど、その一瞬の、起きるかも、という夢みたいな気持ちは苦く変質したりしなかった。靖野に寄り添う宗清の姿と一緒にやさしいまま残っていて、大丈夫だと思った。きょうからだってまた、頑張れる。母親は、静かに涙を流してふたりの息子を見つめていたが、黙って病室を出ていった。

「……大丈夫かな？」

宗清が心配そうに振り返る。

「ちょっとひとりになりたいだけだと思います」

もしかすると海に向かっているのかもしれない。行き場をなくした思いを抱えて佇むには最適な場所。何も解決してくれないし、何を労ってくれるわけでもない。ただ、晴れた日には青い色を湛えてそこにある海。人間を痛めつける時も救う時も、自然は一貫して平等で不変だ。

「俺もおいとましようかな」

「え、もう？」

「あんま長居するもんじゃないよ。本人がもっといてくれって言ったら別だけど」

今度は靖野の頭をそっと撫で「おとぎ話みたいには起きてくれないもんだな」とやや寂しそうに笑った。

「俺もさっき、すごく期待しました」

「だろ？」

そして今度は泉の頭を撫でる。

「今かな、起きるかなって期待を、たくさんしてきたんだな。泉もお母さんも。そうやってがっかりする繰り返しがこれからもあって、それでも傍にいるって選択だけは迷わない泉を、俺はすごいと思う。この表現が正しいのかはわかんないけど」

「すごくはない、ほんとに」

泉は言った。

「靖野が好きなんです。離れてるほうがつらいんです。それだけ」

「うん。靖野くんを大好きな泉だから、俺は好きになった」

温かな腕に包まれる。

「会えてよかったよ」

「うん」

それから宗清は「今、怒って起きないかな?」としばらくまじめに靖野を見つめていた。

宗清が帰り、昼頃には母が戻ってきた。何も言わなかったし、訊かれなかった。いつもの母だったから、泉も何も言わなかった。泉が最後まで病室に残り、いつもどおり「おやすみ」と声をかける。朝からの微熱が上がってしまったのが心配だった。

「熱が下がらなくて」

電話で宗清に報告すると「俺のせいかな」と半ば本気で心配するのでおかしかった。

「季節の変わり目だし、ついこないだもちょっと体調崩してたんで。でもあしたはずっとついてようと思います」

『うん、そうしな。手紙も届くだろうし』

「ああ……きょうの感じだと大丈夫だと思いますけど」

『だったらいいんだけど……何かあったらすぐ連絡して』

「はい。ところで、日曜いつ頃帰るんですか」

『朝早く』

具体的な時間を訊こうとしたら「見送りはいいや」と先回りされてしまった。

『泣いちゃうかもしんないし』

「いいじゃないですか」

『いやいや』

「叶さん」

『ほんとに』

冗談めかしたもの言いが、ほの暗いトーンに変わった。

『俺、未だに、母親に最後に見送られた時のことが忘れられないんだ。何か知らんけど「送ってく」ってよれよれでついてきたことがあって。やめろっつっても聞かなかったんだよね。結局、同じ病室の、まあ割と元気なおばちゃんが旦那さんと付き添ってくれて、駅のホームまでへろへろと来て、俺は電車乗って、母親は両側から支えられながら、今にも電池切れそうな感じで笑って手を振ってて……それがあんまり、いい思い出じゃない』

今はまだ悲しみのほうが大きい、そういう意味なのだろう。

『そんなことしてくれるなよって思うじゃん。元気だった頃の「行ってらっしゃい」とかすげえ思い出しちゃって、すぐにでも反対側の電車に乗って戻りたかった。何で死ぬんだよ、かーちゃん待ってよって、泣きながら訴えたかった。どうでもいい車内広告見上げてつり革握ってぶるぶる歯食いしばってた。だから見送られるのがちょっとつらい。ごめん、泉のせいじゃないのに』

「わかりました」

会えなくて寂しい気持ちより、宗清が思いを打ち明けてくれた嬉しさのほうが大きかった。ぎりぎり身体が動くうちに息子を見送りたかった母親の気持ちを、宗清はもちろんわかっている。だから流れていく時間が悲しみをすすいでやさしい思い出にしてくれるはずで、その時も宗清の傍にいたいと思う。

「でも、俺がそっちに行く時は迎えに来てくれますよね」

『もちろん』

請け合う声は、もういつもと変わらない。

最後の夜は「西海岸」で過ごした。あれからこってりマスターに叱られて許してもらったらしい真帆もいた。

宗清がトイレに立った時、そっと耳打ちされた。

「……ねえ、ひょっとしてだけど、宗清くんとつき合ってる？」

「え、何でわかんの」

真帆ならいいか、と思ったので否定はしなかった。

「何となく……え、まじで？」

「誰にも言うなよ」

「はーい。いいなー彼氏、私も欲しいよー」

ひとりごちてから真帆はオレンジジュースのグラスでそっと乾杯の仕草をして「よかったね」と笑った。

「……ありがとう」

ずっと自分たちを心配してくれて。ずっと、思いやりのある距離を保ちながら見守っていてくれて。言葉以上の思いを込めて、グラスを鳴らす。

十一時を回った頃帰宅すると、一階にある両親の居室から人の気配はするものの、父も母も出てこなかった。キッチンもリビングも真っ暗で、きっと母は手紙を読んだのだろうと思った。ふたりでどんな話をしているのか泉には知る由もないが、何かが壊れるとか変わるという不安はない。ずっと家族だったし、これからもそうだ。一緒に過ごしてきた日々はここにある。

空っぽの靖野の部屋を開けて「おやすみ」とつぶやいた。

「泉、海岸行くんだろう？　父さんもついて行っていいか？」

翌朝、玄関で靴を履いていると父がやってきた。

「いいよ。母さんは？」

「まだ寝てる。ゆうべ遅かったからな、たまには寝坊させてやろうと思ってアラーム切ったんだ」

「日曜だしね」

きょうも快晴だった。泉がごみを拾うと、父も砂浜にしゃがんで何かを見つけては「こんなのあった」と嬉しそうに報告してくる。

「お、この貝殻きれいじゃないか？　穴も欠けもない」

「ほんとだ、珍しいね」

「母さんに持って帰ってやろう」

砂粒をそっと払い、ハンカチにくるんでズボンのポケットにしまい込んだ。それをほほ笑ましく眺めていると、すっと立ち上がって言う。

「宗清くんっていうのは、そんなに靖野に似てるのか」

「……うん。そうみたい」

「そうみたいって、泉も会ってるんだろ」

「俺は思わないから」

「ますます気になるな。父さんも会ってみたいけど、今だとあれこれ込み上げてきて泣いちゃうかもしれないからなあ、迷惑をかける」

「そんなことないと思うよ」

「いや、まあ、彼にその気があるんなら」

ふだんから温和な人ではあるが、予想以上に淡々とした反応だった。泉は「父さん」と尋ねる。

「全部知ってたの？」

「好きな女の人がいたのはね。きのう、初めて昔の写真を見せてもらった。男ってバカだなあ、美人だったから『おっ』て言っちゃったよ。かっこいい男だったら面白くなかったと思うのに、ふしぎだな、こういう感覚は」

「……俺のことは？」

「それは初耳だ。さすがにびっくりしたよ。なるほど、女の人同士ならではだなと思った。今まで黙っていたのは、別に保身じゃなくて、女の子たちが秘密を共有する感覚だったんだろうね。それしか、相手に尽くせる仁義がなかったというか」

「むかつかなかった？」

「何を怒ればいいんだ？」

何が入っていたのかわからない、透明なビニール袋を父が拾い上げる。

「単純な話をするなら、どっちでも、靖野以外は僕の血を分けた子じゃない」

「……だからどっちでもいい？」

「違う、父さんが責める筋の問題じゃないというだけだ。子連れの女性と結婚する時点で過去は丸ごと受け容れたつもりでいる。母さんが泉は私の子だと言ったし、今だって変わらないだろう。だったらそうなんだ」

父は泉を見てまぶしそうに目を細める。

「出会った頃の母さんは、何だかぎすぎすした人で苦手だったよ。働きどおしで、いつも周りを警戒して壁を作って。初めて会った泉は、保育園のお迎えに間に合わないとかで、車に乗せて行ったことがある。初めて会った泉は、大人の男が珍しかったんだろう、にこにこして僕から離れなかった。ちいさな子に懐かれるっていうのはすごくいいよ、神さまみたいなものに認めてもらった気分なんだ。家まで送ると、別れ際にはえんえん泣いて……そうしたら、母さんまで急に泣き出した」

「何で？」

「『私だって頑張ってるのに、初めて会った男の人がそんなにいいの、どうしてよ』って。母親の涙で泉はぴたっと泣き止んで、今度はきゃっきゃ笑い出した。そんな泉を抱っこしたまま僕は途方に暮れたけど、初めて、彼女をかわいい人だなと思った。あの晩のことは何度も思い出すよ。母さんに何度も振られて、結婚する時も靖野が生まれる時もいろんな人にいろんなことを言われて、そのたびに思い出しながらやってきたんだ」

泉、と父が呼ぶ。この名前はふたりの女のどちらがつけたのだろう。そのうち訊いてみようかと思う。

「あの時、僕に笑いかけてくれてありがとう」

「覚えてないよ」

父がはにかみながら言うものだから、こっちも照れくさくてそっけなく答えた。

「うん。でも、泉が笑わなかったら今はなくて、靖野もいないかもしれない。ちょっとした枝分かれの果てに今があるんなら、昔母さんたちがした選択もきっとつながってる」

「……きのう届いた手紙、読んだ？」

「読んだよ」

「何て書いてあった？」

父の目が、すこしだけ潤んで見えた。あるいは光の加減だったかもしれない。

「きいちゃん、って書いてあった。美優紀《みゆき》のきいちゃんだね。『きいちゃん、私に宗清をありがとう』。……それだけだよ」

ほら、と泉は思った。宗清が気に病む必要はなかった。彼女は最期まで宗清の、幸せな母だった。教えてあげなければ。

父と病室に行き、ふたりで靖野のケアをしている時だった。

伸びた足の爪を切っていると、頭の側にいた父が言う。

「何だって？　泉」

「え？　何が？」

「今、何か言っただろう」

「言ってないよ」

「いや、でも」

ふたりで顔を見合わせた。

「ん？」


朝の電車、もう行ってしまっただろうか。電話をしたり、マンションに寄って確かめたりする心の余裕もなく泉は車を走らせていた。制限速度がこんなにじれったかったことはない。駅前の通りからは、屋根のないホームが見える。いた。宗清だ。ロータリーに車を置いてダッシュする。改札機にICカードを叩きつけるようにして走り抜けると、ホームの端っこにいる宗清めがけて駆けていった。ほんの数十メートルなのに、泳いでいるようにゆっくり感じられる時間だった。

宗清が泉に気づく。驚いた顔をして、でも何かを言うより先に両腕を大きく広げた。

泉はそこへまっすぐ飛び込んでいく。どこまでも広がる、今にもブルーを滴らせそうな鮮やかすぎる青空ごと、宗清を抱きしめた。

「泉」

「叶さん」

足を止めた瞬間、行き場をなくした鼓動が全身を巡る。泉は思いきり力を込める。でないと、手足がふるえてへたり込んでしまいそうだ。

「しずのが……靖野が、しゃべった。うっすらだけど、目、開けて、ちゃんと俺を見た。またすぐ寝ちゃったけど」

「まじで？」

「うん……ちっちゃい声だったけど、絶対聞いた、『おはよう』って……」

靖野は、死のうとなんてしていなかった。泉が言おうとしていたのと同じ言葉をずっと用意していてくれた。二年もかかったけど、言ってくれた。

それ以上は言葉にならなくて胸に顔を埋めると、今度は宗清がぎゅうぎゅう泉を抱き返した。

「よかったなあ！」

空へ向かって、高らかな宣誓のように放つ。

靖野が再び目覚めたのはそれから一週間後だった。ある意味、これまでの二年間よりも悶々とする日々ではあったが、大丈夫、ちゃんと起きてくれる、と強い気持ちで待てた。どちらかといえば、よかれと思って目覚ましを止めたことで母に恨み言を言われた父親のほうが神経をすり減らしていたかもしれない。

朝、病室のカーテンを開けると靖野のまぶたがむにゃむにゃ動き、呆気ないほどぽかりと開いた。

「靖野」

ナースコールを押しながら話しかける。眼差しはまだとろりと不安定で、すこしでも長く覚醒状態に留めておかなければと思うのに、何から話せばいいのかわからない。

「靖野」

ただ名前を呼ぶと、靖野は「いずみ」と呼び返した。久しぶりに声帯を起動させたせいだろう。吐息に近い、掠れきった声は泉の記憶にある弟のそれとまったく違っていた。

「泉、きょう何曜日?」

「え」

「何でこっちにいるんだろうって……会社、休みだっけ?」

「お前、溺れて眠ってたんだよ」

泉は言った。どうせいつか教えなければならない。弟の目にはちゃんと意思や理性の光があった。大丈夫だ、動揺してもみんなついてるから。

「だから、待ってた。靖野、二年経ってんだよ」

まつげをふるわせ、緩慢な動作で目を見開く。

「……まじで？」

　その口調は、宗清とそっくりだった。

「二年とか、ごめん泉、まじありがとう」

　ごく普通の、とりわけ恩に着た感慨もない「ありがとう」だった。まだ当人に実感がないだけかもしれないが、家族ならではの軽さが却って嬉しかった。だから泉も「気にすんなよ」と返した。

　看護師が駆けつけ、二、三質問をすると靖野はまたすぐ「疲れた」とまぶたを閉じてしまい、今度は一日経って目を覚まし、短い覚醒と長い眠りが徐々に逆転していき、昼夜のリズムも取り戻した。記憶や現実の認知能力にほとんど問題はなかったが、溺れる数日前からの出来事が本人にも曖昧らしく、「え、俺あんなとこで泳いでたの？　何で？」ときょとんとしていた。

　そこがいちばん大事なのに、と母はまだ不安げだったが、真帆やマスターを始め、いろんな人たちが祝いに訪れたし、嚥下《えんげ》の訓練、横たわった身体を起こし、血圧の変動に慣れていく訓練……と新しくもめまぐるしい予定が希望とともに詰まっていたので過去ばかりにこだわってもいられなかった。どうあれ靖野は目覚め「リハビリしたらまた元どおり動けるんだよな」と先を見ているのだから。若いのと、生来の切り替えの早さからか、二年の喪失をさほど深刻に受け止めていないようすで、家族の誰もがほっとした。

　宗清は長い休みの後で相当に多忙らしく、週末の夜に電話で話すのがやっとだったが、日ごとに回復していく靖野の近況を「うん、うん」と嬉しそうに聞いていた。手紙の話をすると、長い沈黙の後で「ありがとう」とだけつぶやいた。

葉桜がすっかり新緑に変わった頃、靖野のことが地元紙にちいさく載った。それから数日経って、知らない男女が病院に現れたかと思うと、ナースステーションの受付の前でいきなり盛大に土下座した。「お見舞いの方だそうです」と呼び出された泉と母は呆気に取られた。

彼らの話はこうだ。

十歳の息子を連れて、キャンピングカーで旅行していた。あの雨の朝、波打ち際で遊んでいたはずの子どもが突然高波にさらわれ、あっという間に沖のほうへ運ばれていく。その時、通りかかった青年が迷わず海へ入り、息子を連れ戻して来てくれた。ぎりぎり足のつく深さで夫婦ふたり踏ん張って子どもを受け取り、砂浜まで引きずって振り返ると次の大波がやってくるところだった。数秒後には青年の姿は消え、波間から手だけが伸びていた。自分たちではとても助けられそうにないし、凍える息子がまず心配だった。いったん車に戻ってから再び海岸へ引き返すと、誰かに介抱されているのが見えた。遠くから救急車も近づいてくる。だからそのまま、逃げた。きっと大丈夫だと、自分たちに言い聞かせて。

後で新聞を読んで、意識不明と知った。過失、裁判、賠償——そんな言葉が頭をよぎり、どうしても名乗り出られなかった。

「生きておられて、目を覚まされたと知りまして、今さらですがお詫びとお礼を……」

「そちらのお子さんはご無事だったんですか？」

　母が尋ねる。

「はい、おかげさまで……」

「そう、よかったですね。ではお引き取りください」

　未だかつて見たことのない冷淡さで言い捨てた。

「今さらにもほどがあります。目を覚まして、都合の悪い証言をされるのが怖かったんでしょう？　安心してください、お金なんて要求しませんから。その代わり二度と来ないで。行きましょう、泉」

　ロビーの椅子で悄然とする夫婦を置き去りに、すたすたと歩いていく背中を追いかける。

「母さん」

　泉はどうしたものかと思った。もちろん、二年も苦悩させられたのだから腹は立つ。けれど子どもを助けるためだったと聞いて、靖野らしさにほっとした部分もあり、何より本人が快方に向かっている、その喜びを負の感情などに邪魔されたくなかった。

「かりかりすんの、損だよ」

「わかってる。親は自分の子どもがいちばんかわいいしね。……逆の立場なら自分も同じことをするかもしれないと思うと、それがいまいましいの。よそさまの子どもを危険にさらしても、我が子だけは助けたいし守りたいって」

靖野にその話をすると「追い返したの？」と不満げだった。

「いいじゃん別に、子ども助かったんだろ？」

「靖野はのんきに寝てたからそんなことが言えるのよ」

母は怒って病室を出て行ってしまった。泉は「すごいな」とつぶやく。

「ちょっと前まで祈りと献身の日々だったのに、もう『のんきに寝てた』とか言っちゃうんだもんな」

「母さん最近俺に怒りモードなんだよ」

「何で」

ベッドに腰掛けた靖野の足先がぶらぶら揺れている。最初は、四十五度の角度で数分間過ごすだけでめまいと吐き気に耐えられなかった。それが今はこうして、柵に摑まりながらではあるが座って話ができる。口からものを食べ、車椅子にも乗れる。機能を取り戻した顔や身体にはみるみるはりつやが戻り、入院中とは思えないほどだった。

「身体うまく動かなくて、俺がいらいらして箸とか投げてた時、看護師さんに『もう一度育て直してるみたいでかわいい』的なこと言ってたんだよ。うわーって思って、気持ち悪いこと言うなよってキレたらキレ返された」

目覚めた靖野はすこし口が悪い。きっと本人なりの甘え方なんだろう。もちろんどんな靖野でも、泉の弟には変わりない。

「何それ。ふたりともバカだな」

「だって恥ずかしいじゃん」

「靖野」

「うん？」

「海でのこと、話聞いて自分でも思い出した？」

「いや」

あっさり答える。

「へーそうなんだ、俺かっけーなって、そんだけ」

「そっか」

靖野は嘘をついているのかもしれない。その前夜の告白からを「覚えていない」ことにしてくれているのかもしれない。泉のために。何でも言い合えるのが家族だし、秘密を抱えるのも、秘密に気づかないふりをするのも家族だ。相反する要素じゃなくて、きっとイコール。泉もまだ宗清の存在を話していない。靖野にだってすべてを知る権利はあると思うが、話すかどうか独断では決められない。おいおい考えていくつもりだった。靖野と話せる、というぜいたくな未来があるのだから。

「靖野」

「なに？」

ほら、呼んだら返事をしてくれる。

「……愛してるよ」

床の二十センチ上をぷらぷら泳いでいた足が一瞬ぴたりと止まる。それから靖野は「何だそりゃ!」とげらげら笑った。

「どうした兄ちゃん」

「言ってみたくなって」

「いいけど、うん、ありがと」

兄ちゃん、と何年ぶりに言われただろう。いつから靖野が「泉」と呼び始めたのか、もう覚えていない。母に「やめなさい」とたびたび叱られても変えなかった。泉は別にどちらでもよかったので気にならなかった。靖野にとってはそうじゃないのを、知らなかった。

「そうだ、さっき先生が来て、そろそろ退院の話しようかって。やったぜ俺今年の夏に間に合う、潜りに行けるかも。超リハビリしよ」

「気が早い」

「何で?　できるよ」

明るく先を語る弟は、きっとすぐに二本の脚でぐんぐん歩くだろう。走り、泳ぐだろう。泉は、波打ち際を一緒に散歩したいと思う。来年、もっと先かもしれないけれど、そこに宗清もいてくれたらいいと思う。

宗清からＬＩＮＥが届いていた。

『今週末はそっち行けそう』

週末は確か晴れ、夏日の予報だった。きっと目にするものすべてが、空と海の青とともにある。

　大人になる、ってどういう瞬間だろうか。宗清《むねきよ》にとってのそれは、運転免許を取った時でも、成人を迎えた時でも、大学を出て働き始めた時でもなく、母の病気が発覚して亡くなるまでの二年間に集約されている。

　身分証明書やら委任状やら携えて病院、役所、保険会社、不動産屋、銀行、葬儀社その他もろもろとやり取りした日々。目の前の手続きをひとつひとつこなすのに必死で、すべてが終わってみればもう一度同じ工程をやりきる自信はない。名前を書くのも判子を捺《お》すのも、母親の今後の人生に自分が責任を取ります、という意思表示にほかならず、これまで母にしてもらってきたことを早回しの状態でめまぐるしくお返ししているわけだ、と思った時、大人になったねえと分かち合う相手もなくしみじみ実感した。

「あ、LINEきた」

　テーブルの上で靖野《しずの》の携帯が点る。

「何だって？」

「んー……何か、えらい人に捕まっちゃって一緒にごはん食べないといけないっぽいです。適当に抜けてくるつもりらしいけど」

「気にすんなって返信しといて」と宗清は頼んだ。

「月曜からまたお世話になるんだから、えらい人とはうまくやんなきゃ」

「そうですね」

靖野が返事を送信するのを待ってメニューを差し出す。

「何飲む？　ここ、地酒いろいろあるみたいだけど」

「あ、俺烏龍茶で。酒弱いんですよ、ほとんど飲めない」

「そうなの？　勝手に飲めると思ってた。だって――」

泉《いずみ》は結構飲むから――と自然に口をついて出そうになる。いや違うな、比べるなら俺か。

「――飲み屋で働いてたんだろ？」

「飲まないから重宝されてたんですよ」

「じゃあ、もっとレストランぽいとこにすればよかったな。がっつり酒系でごめん」

「や、全然。つまみは好きですよ。エイヒレとか」

「もっとちゃんとしたの食べなよ」

「主菜」のページを指してほらほらと勧める自分は、何だか親せきのおっさんみたいだった（完全に間違いではないが）。

「肉体労働の後なんだからさ」

「言うほども動いてないですよ。いくつか家具組み立てただけ」

七月、靖野の回復に伴い、泉は在宅から通常の勤務に戻ることになった。会社の借り上げマンションに荷物を運び込んで新生活をととのえる手伝いのため靖野は朝から上京していた。

「別に、兄ひとりでもできたんですけど、久しぶりに遠出してみたかったんで……東京、やっぱ人多くて疲れますね」

「金曜の夜だからじゃないか？」

「それだけじゃなくて。俺、やっぱ海の近くにいないと調子出ないのかも」

「東京湾は？　お台場とか駄目？」

「余計なものが多くて、見てて悲しい」

「なるほど」

ひとまずのオーダーを終え、飲み物と突き出しが運ばれてきた後も靖野はメニューに目を落としたままだった。泉がいないと緊張する、というか若干気まずいのかもしれない。靖野と会うのはまだ四度目、うち一回は向こうが寝ている時の話だ。

泉と宗清が取り替えられていた件については、退院してすぐに聞かされたらしい。らしい、というのは泉もその場には立ち会わなかったからだ。

――全員集まって家族会議みたいなの、何か恥ずかしくないですか。気持ちはわかる。自分も手紙でなく直接教えられたらまず反応に困ったと思う。

――靖野くん、何だって？

――「俺も替えてないよね？」だって。

――反応に困る冗談だな……。

――靖野は普通に両親の子だし、あんまりぴんとこないみたいで。「あの叶《かのう》さんって人が兄ちゃんなんだ、ふーん。でも実感ないから普通にしてていい？」とか言ってたみたい。顔見てるから納得はしたんじゃないかな。

――俺が言うのも何だけど、自分の母親が女とつき合ってたことに関して、ないの、こう、抵抗とか。

――性別どうこうじゃなくて、親の恋愛話とか恥ずかしいよなって俺に笑ってこぼしてきただけ。あいつ、目が覚めてからちょっと性格変わった気がする。

――どういうふうに？

――元から大らかではあったんですけど、万事において「いいんじゃない」的な。

――死線をさまよって悟り開いたのかな。

――そんな高尚なものじゃなくて、単に、細かいこと考えるのめんどくさいっぽい。親も親で、大概のことは「元気でいてくれるならそれでいい」って。全員振り切れちゃってる感じで、うち今みんな適当。

喜びとかめでたさがベースにあるのならそれも好ましいと宗清は思ったが、泉は「早く家出よう」と職場復帰の手続きをさくさく進めていった。靖野が溺れる前の日常を取り戻したいのだろう。家族という共同体はよくも悪くも濃すぎるから、一連の慌ただしい出来事からすこし距離を置いて熱を冷ましたい、という気持ちはもっともだ。あとはたぶん、宗清の近くにいたいとも思ってくれていて、それはとても嬉しい。

靖野のフラットな反応はありがたかった。拒絶されても寂しいし、かといって宗清にとってはやはり「よそのお宅」なのでいきなり親密になるのも違和感がある。

「眠ってた時って、どんな感じだった？」

「それねー、みんなに訊かれんですけど、何時間眠ろうが、夢って最後のほうしか覚えてないでしょ、それと一緒。だから未だにあんま実感ない」

「そういうもんか」

「でも、親の白髪は増えたし、母さん老けたなって感じる瞬間は確かにあって……」

靖野はうなだれて後頭部をかくと「ぶっちゃけどうしようって思うんですよね」と洩らした。

「起きた直後は『奇跡の男』なんて言われたりしましたけど、現実単なる無職じゃないですか俺。親の老後資金もだいぶ食いつぶしたし、兄も、俺には絶対言わないけど給料ほとんど突っ込んできたと思う」

「だろうね」

病人を抱える懐具合の不安というのは宗清もよく知っているので、気休めは言わなかった。余命と予算が切実に直結しているように思えて、どうしてこんなに現実ばかりが押し寄せてくるんだ、何もしてやれないんだとしょっちゅう自己嫌悪に陥った。

「俺、前は割とのほほんとしてて、兄がいい会社に就職したし、自分はふらふらしててもいいだろうって甘えがあったんです。実家暮らしで好きな時に海潜って、魚釣れば誰かが野菜と交換してくれたりするし、バイトで何も困らなかった。でもそれじゃ金返せないよなって……こうやって、きっちりスーツ着てサラリーマンしてる叶さんとか見るとすげえ焦る。いや俺こんなの無理、てかやりたくてもできない、だって二年もブランクあるし」

傍目に見るより、靖野は必死なのかもしれない。二年間眠っていた実感がないからこそ周囲の喜びようにギャップを感じるし、「いいんじゃない」は、大雑把なのではなくほかに考えることがたくさんあるから。焦燥を悟らせまいと万事に鷹揚《おうよう》なポーズを取らざるを得ないのだと思えば、宗清はそこに泉と似た不器用さを見出してしまう。

「目が覚めてから、ご飯食べられるようになろうか、起き上がれるようになろうか、立って歩けるようになろうか……って目の前の目標こなしてやってきましたけど、退院してしばらくすると、あれ、これって普通だよな、別に褒められるようなことしてないって。や、普通が貴重っていうのはわかってるんです。水差すみたいで親にも地元の友達にも言えないんですけど」

「うん」

「ちょっとすっきりしました」

宗清は頷いた。こんな壮絶な経験をしてきた相手に、かけられる言葉なんてなかったけれど。

「悩むのも焦るのも無理ないけど、生きて帰ってくるっていちばんの仕事を果たしてくれたことだけは忘れないでほしい。覚えてなくたって、二年間ずっと全身で闘ってたと思う」

「……ひとりじゃなかったから」

靖野は烏龍茶のグラスについた水滴の膜に落書きするように指を這わせる。それは、宗清も時々するくせだったから内心ではっとした。外見よりちょっとした仕草や身体の使い方に「血」の説得力を感じる。病院で初めて会った時点では向こうが目を閉じていたせいもあって、そこまで似てないだろという印象だったが、面影を重ねてつらそうだった泉の気持ちがだんだんわかってくる。

と同時に、泉が気づいていないだろう「泉の家族」としての側面も垣間《かいま》見え、この奇妙な縁を改めて大切に思う。俺たちの弟、なんて言い方されたら気持ち悪いかもしれないけど。

「お待たせしましたー」

大きな四角い盆でどかどかと料理が運ばれてきてふたりの間を埋めた。順番も間もあったものじゃなく、仕事での接待には使えない店だな、と心に留めておく。

「灰皿、お使いにならないですか？　じゃあ下げますね——ご兄弟ですか？」

店員の女の子が宗清と靖野を見比べて尋ねる。

「似てます？」

答えにくい質問をされたら、質問で返すのが常だった。

「すっごく。仲よさそうでいいなあって」

屈託のない笑顔につられるようにしてふたりとも笑った。靖野は七味がたっぷりかかったマヨネーズに飴色のエイヒレをずぶりと沈める。

「目が覚めてから、真帆《まほ》ちゃんも叶さんの話ばっかしてた。似てるから絶対会ってほしいって」

「そんなこと言われたらむしろうす気味悪くて会いたくなかったんじゃない？」

「や、割と興味津々で。真帆ちゃん話盛りすぎって正直疑ってたけど、実際会ったらなるほどどと思ったし」

箸の使い方は、やっぱり泉に似ている。

「でも」

エイヒレをかじり、いたずらっぽく言った。

「兄だけは『別に似てないと思う』って言いますね」

「あー」

「それってのろけですよね」

「……ん？」

さすがに即答できず、気持ちのいい食べっぷりを傍観していた。四つ違い、四年前って俺、こんなふうにめし食ってたかな。

「えーと、白ごはんとかいる？」

「いいです」

互いの声がほぼ同時にぶつかり、靖野は「あ、もらいます、ごはん」と言い直した。

「いいですって言ったのは、あれです、二年間、兄のことを支える人がいなかったって思うよりいいっていう」

「だいぶ終盤だったし、俺がいなきゃいないで、ひとりで立ってたと思うけど」

何しろ押しまくったから、とはさすがに申し訳なくて言えない。ひと目惚れに近くて中身も好きで異性愛者だったのに振り向いてくれて、成就までの経緯を思い返せば自分こそが幸せな夢の中にいるような気がしないでもない。

と同時に、この子の中ではちゃんと気持ちの整理がついているんだろうか、と心配だった。隠していてくれなんて言う権利はこっちにないが、血がつながっていないと知った時、心は騒がなかったか。だったら、と思いはしなかったか。だって俺なら悔しい、寝てる間にずるいよって。似た顔で、同じ血が半分流れてるやつに、ずっと好きだった相手をさらっていかれるなんて。歯ぎしりで奥歯割る自信あるよ。

「あのさ」

宗清は箸を置くと、意を決して問いかけた。

「はい？」

「一度しか訊かないし、誰にも言わないから答えてほしい——事故直前の記憶がないって、ほんと？」

靖野はちょうどもぐもぐ食べているところだったので、答えたくないのか物理的に答えられないのか定かでない間が空いた。

「あ、タイミング悪かったな、ごめん」

「や、へーき」

特に慌てるようすもない。マイペースだなと感心したが、そういえば宗清もよく言われる。

「それ、もらっていいですか？」

「え？」

青い切子のグラスに手を伸ばしたかと思うと、止める間もなく日本酒をひと息に呷《あお》ってしまう。頭上の照明を受けたガラスの幾何学模様がいくつもいくつもきらめいた。鋭すぎる光が砕けて、青いかけらが降り注ぎそうに見えた。

「おい、大丈夫？」

「すみません、一気しちゃった。もったいなかった」

「わかんないんですよね」

「それはいいけど」

「え」

「正しいのか間違ってんのか、判断はできないけど、兄が俺に尽くしてくれた二年間に対して返せるものを、ほかに思いつかなかった」

なかったこと、にして普通の兄弟に戻る。

「……そっか」

「酔っ払ってるんで、今言ったこともあしたには忘れると思います」

「ああ、俺も」

泉のところに泊まっていくとばかり思っていたのに、靖野は「帰ります」と言った。

「ホームシックで」

「一日も経ってないだろ」

「そうなんですけど、もう海見たくて。電車乗ってて、昼間の、水平線がぷわーってひらけるのもいいんだけど、夜の、街明かりが急に途切れて、あ、あのへんから海だってわかる瞬間、好きなんです」

気を遣って無理している、というわけではなさそうだった。宗清は「了解」と答える。

「じゃあ、見送りだけさせて」

駅のホームに着くと、電車はすぐにやってきた。

「きょうはどうも、ごちそうさまでした」

「うん、気ぃつけて。またな」

車両に乗り込み、振り返った靖野と目が合った時、最後に母に見送られた日の、心許ない自分がそこにいるような気がした。

――宗清、もう帰る？　ちょっと待って、駅まで送る。

――は？　何言ってんだ、寝てろよ。

――いいの、行くの。

――えー？　急いでんだけど。

どうしてあの時、もっとやさしくできなかったんだろう。今生の別れではなかったにしろ、思い出すたび胸が痛んだ。

もうじきひとりぼっちになるのは確実で、その覚悟もすこしずつできていて、でも全身骨と皮ばかりに痩せた母親が、物理的にこの世界から消滅してしまうという現実をまだ受け止めきれなかった。「自分の元」がいなくなると、根をむしられた植物のように自分もやがて枯れてしまうんじゃないかと思った。へその緒なんかとうに切れたのに。

靖野に、何か言葉をかけなければいけないと思った。あの時俺は、どんなことを言ってほしかったんだっけ？　発車のアナウンスが流れる。早くしないと行ってしまう。

思い出したのは、三度目に海辺の病院を訪れた日。食堂前の自販機で、たまたま靖野の父と出会った。

――こんにちは。何飲みます？

宗清はちょうど小銭を入れるところだった。気さくに話しかけると「いいよいいよ」と驚いて手を振る。失礼だったかな、とちょっと反省した。

紙コップのコーヒー片手に、長椅子でちょこちょこ世間話をした。同僚の奥さんが似たような業界で働いているとか、僕も学生時代その近所に住んでたよいところだよねえとか、ないに等しい細い糸をつなごうとする男からは「深い話もしてみたいのだけれどまだ早いし、何と切り出せばいいのかわからないし、そもそも自分は部外者でいるべきなのだろうか」という葛藤がひしひしと伝わってきた。

どうしよう、切り上げづらいなこれ。宗清はゲイだが「父性」とそれに類するものは苦手だった。小さい頃、母親に言い寄ってくる男は必ずと言っていいほど宗清から攻略にかかってきて、その下心に辟易《へきえき》したいやな記憶が消えない。もちろん目の前にいる靖野の父親がいたって善良な人間だとわかってはいる。

――あ、じゃあお先に失礼しますね。

会話の途切れ目を狙ってコーヒーを飲み干し立ち上がると、「待って」とひどく真剣な顔で言われた。

――僕が言うのはお門違いかもしれないけど、何か、何かあったら何でも言ってきなさい。

ほかに表現が見つからなかったのだろう、実に漠然とした申し出だった。遠慮と配慮のせめぎ合うこの人を選んだ泉の母は正しかった、と宗清は安堵した。でもそれはそれとして、かすかな反発を覚えてもいた。自分ひとりに対する責任だけ負えばいい、というのはとても寂しく反面とても気楽で自由だったし、自分と母の人生を見てもいない人間に、それが好意や善意であれ介入してきてほしくないという意固地な感情が芽生えた。

——ありがとうございます。

もちろん、子どもじゃないから口にはしない。礼儀正しく頭を下げただけだ。


何で今、あの時のこと思い出してんだろう？

「靖野！」

宗清は言った。

靖野がぱちっと大きくまばたく。その両側から扉の黒いゴムが迫ってくる。

「何か——何かあったら何でも言って」

俺にこんなこと言われたくないかもしれない。でも言わせてほしい。「大人の社交辞令」なんかじゃなくて、絶対に力になるから——という気持ちを、恋愛より切実に伝えたいのに方法が見つからない。何だ俺、全然大人になんかなってねーじゃん。

動き出す電車を追いかけた。靖野は扉に張りつき、底抜けに明るく笑った。大きく口が動き、音にならない言葉が宗清に届く。

に、い、さ、ん、あ、り、が、と。

宗清はホームの端まで駆けた。駆けながら何度も頷いた。俺に弟がいる、と思ったら、線路に飛び出して走り続けたいほど嬉しかった。


帰り道、小雨がぱらつき出した。けれど見上げた空には雲がなく、青い闇のかけらがぴたぴた頬や額に降っては砕け、身体を青く染めてしまうかと思う。「今から行ってもいいですか？」と泉からＬＩＮＥがきたので「待ってる」と短く返した。家に着いて服のままベッドに寝転がると、泉や靖野や母たちの顔が次々浮かんでは消えた。

三十分ほどして泉が合鍵で入ってくる。

「きょう、すみませんでした」

「いや、俺こそ」

「なに？」

「靖野くん、帰るっていうからあっさり帰しちゃったけど、悪かったかなって」

「ああ」

泉は冷蔵庫から炭酸水のペットボトルを取り出してベッドに腰を下ろした。

「気にしなくていいですよ。俺のとこにも連絡ありましたけど、別に引き止めなかったし。靖野、そういうとこあるから」

「いつもは周りに気を遣うほうなのに、急にスイッチ切れるみたいな。みんなで遊んで最高潮に楽しいって時にふっと『あ、宿題やらなきゃ』って帰ったり。何度か注意したけどあんま響いてないみたい――気にしてた？　ごめんなさい」

「いや、大丈夫」

泉を見上げて笑う。

「……ふたりで、どんな話してたんですか？」

「酔っ払って忘れちゃったよ」

「嘘くさ……」

「殴り合ったりしてないから安心して」

「そんな心配してないし」

「キスしてくれたら教える。あと、その水ちょうだい」

その両方をいっぺんに叶える方法を泉はちゃんと選んでくれた。ぺき、とボトルの蓋を開けて中身を口に含んでから、宗清に覆いかぶさってくる。くちづける直前まで手で口元を押さえているのが不慣れでかわいかった。普通に口閉じてたら漏れないだろ。

慎重に重ねられた唇から、じれったいほど少量ずつ流し込まれた炭酸水の、針穴のような泡がその合わせ目で音もなく弾ける。痛みともいえないわずかな刺激だけを残して消えていくそれらがまた、室内に満ちる夜の青をどんどん濃くしていく。

「聞きたい？　兄弟会談の中身」

「いいです」

「そっけないな」

「叶さんと靖野の間にも秘密があるって思うと、そんなに悪い気しないんで知らないままでいいです」

「なるほど」

ベッドサイドのペットボトルに手を伸ばし逆さまにすると、泡が次々に湧き上がっては空気に溶ける。暗い部屋丸ごとが真っ青な水槽みたいだった。ふたりぶんの呼吸や言葉もひそやかに立ち昇っては消える。

青い秘密。

be with you

「泉、九月の連休どうする？」

宗清は何も考えず——本当に何も——尋ねた。

「会社休みだよね？　実家帰る？　もし帰らないんならどっか行こうか」

枕に突っ伏していた泉は頭を持ち上げて小首を傾げ、ためらいがちに「どっか？」と訊き返す。

「うん。希望ある？　今から交通の手配とかしようか？」

しかし泉の口から飛び出したのは、思いもよらない単語だった。

「あの、じゃあ——お墓参りに行きたいです」

「え」

「叶さんのお母さんのお墓……もしそう遠くない場所にあって、俺が伺ってもいいんなら。……あ、駄目ならいいんです」

宗清が返事できずにいると、慌てて取り消した。ので宗清も慌てて「違う違う」とかぶりを振る。

「駄目なわけないじゃん、いいよ、全然いい。想定外でちょっとびっくりしただけ」

「想定外って、お彼岸ですよ」

「そうですね」

シルバーウィークに浮かれるばかりだった自分を反省した。

「言い訳になっちゃうけど、ていうかまんま言い訳だけど、骨とか墓にこだわりなくてさ。そんなとこにいないだろと思うし、生きてる間に精いっぱいのことはしたつもりで……」

「別に責めてないです」

泉は笑った。

「顔を出して手を合わせておきたいっていうのは、生きてる俺の自己満足だし。叶さんが興味ないんなら、場所だけ教えてくれたらひとりで行きます」

「いや行くよ、一緒に行こう」

「無理してないですか」

「してないしてない」

かといって具体的な話を詰めるでもなく、何となくフェードアウトぎみに「おやすみ」を交わしてベッドサイドの明かりを落とした。

しかしおよそ五分後に宗清は起き上がった。

「――違くて！」

「わっ……なに？」

「いや、俺は、本当に嬉しいんだけど、泉はきっと、春秋とちゃんとご家族で墓参りしてたんだろうなーって思うと気が引けたっていうか自分がものすごく薄情みたいで恥ずかしくなった」

泉はぱしぱしまばたきした後「単なる習慣だし」と言った。

「別に、先祖供養とかまじめに考えてるわけじゃなくて、俺も親がいなかったらしてないと思うし」

「でも、おふくろのとこには行きたいって思ってくれた」

「そりゃあ……」

「俺、ひとつ後悔があって」

宗清はつぶやいた。

「おふくろが死んだ後さ、もう当たり前の段取りとして納骨までしたけど、ああ墓じまいしちゃえばよかったって。おふくろもそういうのに興味なかったし、どうせ俺の代で終わるから。でもいったん落ち着くと動けない。墓じまい依頼していろんな書類書いて金払って……って想像するととにかく億劫で、もう段取りとか手続きはごめんだって。生き死にに関することを手間に換算するのってさもしいよね」

「誰だってそうですよ」

泉の手が下から伸びてきて頬に触れる。

「いや、俺って駄目だなって恥ずかしくて、でも泉が墓に来てくれるんなら墓じまいしなくてよかったって初めて思えた」

ありがとう、と言うとやわらかく目を細めた。

「……いつか墓じまいする時も、一緒にしてあげます」

「うん」

「だからもうしばらくは、お墓参りしましょう」

「うん」

花を持って、ふたり並んで。晴れたらいいな、ととても素直に思えた。

自分の身体は、自分が今まで食べてきたものでできている。

当たり前だけど、改めて考えるとちょっと怖いようなふしぎな気持ちになる。もちろん身体に悪いものだってたっぷり含まれているだろうから、肉体に対して申し訳なかったりもする。

宗清は結構まめに料理をするほうだった。外資系スーパー勤務だから、店舗に顔を出すたび、へこんだ缶詰、賞味期限ぎりぎりの調味料、段ボールごと破損してぼきぼきに折れたパスタなんかをもらったり、入荷を迷っている新製品の試食を命じられる時もあるらしい。泉は、骨付きラム肉のごろごろしたシチューや、ココナツミルクの入ったまろやかに辛いグリーンカレーを店以外で初めて食べた。

自分の食生活なんてそれに比べれば至って平凡だと思っていたが、宗清がしみじみと「泉って海辺の育ちだよな」と言ったことがある。

「何で？」

「ほら、飲み屋行っても刺身系頼まないじゃん」

「ああ」

昨今の流通の進歩を考えれば、東京で食べようが地元で食べようが鮮度に大差ないのかもしれない。でも泉は、どうしても「わざわざここで食べなくても」と思ってしまうから、東京では生魚に冷淡だ。

「後さ、卵焼きに青のり入ってるのと、あおさのみそ汁とか……」

「実家から送ってくるんですよ」

乾物なら保存が利くからいくらあってもいいと思っているのか「いる？」との断りも
なしに。だし昆布、干し貝柱、かつお節。確かにあれば何かと重宝するが。

泉の部屋で餃子をこしらえた時があった。タネだけこねて市販の皮に包み、ぶかっこ
うさなどは気にしないでどんどんホットプレート（真帆が引っ越し祝いにくれた）で焼
いては油がじゅうじゅう弾けているうちに食べる。

「あ」

ひと口食べるなり宗清が口元を手で押さえたので、てっきり熱すぎたのかとビールの
入ったグラスを差し出した。

「水のほうがいいですか？」

「んーん」

宗清はかぶりを振り「違くて」と言う。

「ずっとうちで食べてた餃子の味と一緒で、ちょっとびっくりした」

「え」

「搾菜《ザーサイ》のみじん切り入ってる？」

「入れてます。うちではずっとこう」

「そんで、白菜は芯の硬いとこだけ使う。隠し味にみそ少々」

「そうそう。あと、あれば椎茸の軸も」

「入ってた！」

　ふたりで笑って、それから答え合わせをするみたいに「うちの味」についてしゃべった。コロッケにツナとチーズ入りがあるのは泉の家だけで、逆に宗清の家では固ゆで卵を砕いて混ぜて揚げていたらしい。カレールウのメーカーは違っていたけれど、福神漬けやらっきょう以外にもあれこれ箸休めを用意するのは同じだった。レーズン、くるみ、缶詰のパイナップル。

　焼き肉のたれにすり下ろした林檎は入っていたか、オムライスの卵は巻く派か載せる派か、あさりの酒蒸しから出たスープでラーメンは作ったか……他愛もない話題の中から、ふたりの女がまだ「母親」じゃなかった時代が見えてくるような気がした。彼女たちもまた、互いの家の味を持ち寄ってあれこれ言い合い、お互いに是とするものは取り入れ、時には対立もしたんじゃないだろうか。

　ああ、それおいしそう、今度作ってよ、とリクエストしたり、えー、そんなことするの？　と不満をこぼしてみたり。きっと別れた後も続いた食の習慣があり、譲歩して受け容れていたけれどやめてしまったレシピがあり、泉の母は新しい家族を得て、また足したり引いたり混ぜ合わせたり。食べて生きる、当たり前のことが連綿と紡がれていく。泉はきっと、その糸を止めてしまう。きゅっと結んで「ここでおしまい」と。そのことを、生き物として罪深く感じてしまう気持ちは生涯消えないだろうけれど、宗清の糸の先も同じ結び目の中にある。倍罪深くて、百倍幸せだった。

この人と一緒にいたい。誰かを傷つけても、誰かを泣かせても譲れないと思った。まじりけのない食欲のように横暴で、あらゆるハードルをなぎ倒してしまえる恋を、泉は初めてした。

夜が深くなると、ふたつの身体をベッドで絡ませ合いながら泉はしきりに宗清の二の腕や脇腹を撫でた。

「くすぐったいよ……どうした？」

「いくらかは同じもの食べて育ったんだから、この身体、何％かは俺と同じなのかもって。でも全然似てないから」

「水とたんぱく質と脂肪でできてるよ」

「そんなのみんな一緒。何だろう、風合いっていうか、色合いみたいなの、身体にも絶対あると思う」

「それ言い出したら、泉と靖野くんなんかほとんど変わんないだろ？　食べたものが血肉になって……って考えたら、遺伝子上のつながりより濃かったりして」

「あ、そっか」

「悔しくなるからやめろよ」

冗談か本気かわからない口調で抱き締められた。

ジャンクフード、添加物、遺伝子組み換え、余分なカロリー。たくさんの不安がこの身体には蓄積されていて、でも何万分の一かでも宗清と同じ要素で構成されている、と思えばほんのすこしだけ、自分という容れものをいとおしく感じる。宗清もそうだったらいい、と力を込めて抱きしめ返す。この、腕。皮膚。筋肉。血管。骨。すこしずつ宗清で、すこしずつ泉で。

「食べちゃいたい」という衝動の意味がわかる気がする、って言ったら、びびらせちゃうかな。


抱き合った翌朝は、いつも宗清が食事の支度をしてくれる。その日も泉がまどろんでいる間にひとりで二十四時間営業のスーパーに出かけていた。

「何か手伝います？」

「いいよ、寝てて」

ゆうべの餃子を残してあったのに、結局夜更けにふたりして腹を空かし、水餃子にして片づけてしまった。真夜中にひっそり何かを食べるのは罪の意識というスパイスでとてもおいしい。そして、思い出すとまた腹が減ってくる。ベッドからのそのそ這い出て歯磨き洗顔をすませるとちょうどいいタイミングだった。コーヒーの香りがする。

「できたよ。もう遅いから朝昼兼用にしよう」

サンドイッチ用のうすい食パンを焼いて四つ切りにしたちいさなトーストが皿の上に山盛りだった。

「お好みでトッピングどうぞ」

小鉢にはバターと苺ジャム、マーマレード、ピーナツバターにヌテラ、ツナと玉ねぎのサラダ、コンビーフと和えたマッシュポテト、ハムチーズやうずら卵の目玉焼きも。

「かわいい」

「きのうの餃子おいしかったから頑張っちゃった。大したものじゃないけど、いろいろ選べると豪勢感ていうか、わくわくしない？」

「する」

そういえば母さんも手巻き寿司や鍋が好きだった、とふと思い出す。おままごとみたいにあれこれ具を並べるのが楽しかったのかもしれない。

「これも、叶家の朝ごはん？」

「え？　いや……」

宗清はちょっと言葉を濁した。泉は「ああ」と乾いた声を出す。

「元彼かよ……」

「違うよ！　会社で教えてもらっただけ！」

「どうかなー。いただきまーす」

まだ温かいパンを手に取り、まずはプレーンなまま歯を立てた。目の前では宗清が「まじで違うから」とまだ言い訳をしている。こんなふうに向かい合って、これから何回のごはんを一緒に食べるだろうと思う。もっともっと、おんなじ身体になろう。

「おいしい」

歯型のくっきりついたトーストを宗清に差し出して笑う。

Dear my her

『ご実家に宛てたこの手紙が無事に届くことを祈って書いています。これが最初で最後の手紙になると思います。

あなたも、宗清くんも、お元気ですか？　「宗清くん」だなんて他人行儀でよそよそしいと思われるかもしれないけど、ほかにどう呼べばいいのか、ちょっとわからない。あなたにとっての泉もそうでしょうか。

去年、再婚しました。もうすぐ子どもが生まれます。思いがけない、というほかない展開です。あなたと出会ったように、最初の夫が病気で呆気なく逝ってしまったように、産院であなたと再会したように、互いの子どもを入れ替えたように。こう書くと、自分の人生がとてもドラマチックに思えるからふしぎです。私自身はこんなに平凡な人間なのに。

再婚した夫も、普通の、どこにでもいるような男性です。でも、「大丈夫な人」です。何があっても「大丈夫な人」だから、おつき合いをして、再婚に踏み切りました。彼は泉のいいお父さんです（もちろん、出生については何も知りません）。ふたり目の子が生まれても変わらず、ううん、もっといいお父さんになってくれるでしょう。そして私も、生まれてくる子と泉を絶対に差別しないし、泉を悲しませるような結婚にはしません。ふたりとも私の子どもです。この先の人生懸けて、証明してみせます……「オーバーだね」って笑うあなたの顔が目に浮かぶ。私はいつもお花畑で、現実味のないプランばっかり話していた。「一生一緒にいる」「おばあちゃんになったら小さな平家の一軒家で猫を飼って暮らす」「狭い庭で花や野菜を育てる」「行くあてのない子どもを引き取って育てる」。そんなことを私ひとりがうっとり語って、あなたはいつも苦笑いだった。普通のカップルみたいに、夢物語を楽しむ権利くらいは私たちにだってあるのに、とずっと不満だった。だから、むきになって空想のおとぎ話を繰り返しました。嘘でも「そうなったら楽しいね」って言ってほしかった。頷いてくれるだけでもよかった。あなたを冷たい人だと思う時もあった。

でも、別れた後でわかった。あなたが繊細で、傷つきやすく、寂しがり屋で、私を深く愛してくれていたから、空っぽな夢物語に同調できなかったんだと。本当にごめんなさい。私は残酷で無神経でした……「今さら気づいたの？」って、今度はちょっと皮肉っぽく笑ってるでしょう？

互いの子どもを抱いた時、「四人で暮らせたら」という夢が、性懲りもなくよぎりました。どこかの街で、交代で赤ん坊の面倒を見ながら働いて暮らす。できれば、のんびりした海辺の街がいい。毎日が合宿みたいできっと楽しい。でも、私たちは一度別れてしまったから、あの痛みをもう一度味わう可能性を想像したら、とても言えなかった。余計なことまであれこれ書いてしまってごめんなさい。どうか、どうか、お元気で』

『きいちゃん、お手紙ありがとう。二十年以上も寝かせてから返事を書くのろまは私くらいでしょう。泉も（私は呼び捨てにしちゃうね）、新しく生まれてきたお子さんもお元気ですか。ひょっとしたらあとひとりかふたり、増えてるのかもね。

私は元気です、と書きたいところなのですが、正直なところ、非常に芳しくありません。あと数カ月、もっと短いかもしれません。手紙を返せていなかったという心残りだけでもきれいにしておきたくて。再婚と第二子誕生の報せを、心穏やかに受け止めたと綴れば嘘になります。当時は動揺したし、涙が出る夜もあった。でも、流れてきた長い時間と、残されたわずかな時間が心の澱《おり》を洗い流してくれたようで、今は凪いだ心境です。

余命に関しては、自分ひとりなら「まあ仕方がないか」とどうにか納得してみせる自信があるのですが、いかんせん、宗清のことがあります。もう社会人なので、私に先立たれてもやっていけるとは思います。親バカは承知の上ですが、こんな適当な女がひとりで育てたにしては素敵な男性に仕上がりました。病院にもまめに来てくれて、ほかの入院患者さんや看護師さんから「やさしい息子さんでうらやましい」と褒めちぎられ、お世辞半分とわかりつつもなかなかいい気分です。

でも、悩みや不安を自分の内に押し込めてしまうところがあり、私が頼りないせいかもしれないと思うと申し訳なくてたまらない。「ごめんね」なんて言ったら、きっともっと気を遣わせてしまうし。我慢強いのは、きいちゃんのＤＮＡなのかな。

きいちゃん。私の最後のわがままをどうか許してください。私は宗清に、宗清自身のことを知ってほしい。私たちと、泉のことも。一生ふたりだけの秘密にするって約束したのに、ごめんね。あの子をひとりぼっちにしてしまうのはあまりに忍びなくて。宗清は当然驚くでしょう、私に呆れるかもしれない。でも、きいちゃんを恨んだり憎んだりするような子じゃない。きいちゃんの家庭に波風を立てることも望まない。自分と繋がりのある人間がこの世にまだ存在している、と知ることで、宗清の孤独がすこしでも和らぎますように。私の願いはそれだけです。

……ううん、あともうひとつ。きいちゃんと泉が幸せでいますように。きいちゃんがよく聴かせてくれた、馬鹿みたいに甘い未来予想図は、いつも嬉しくていとおしくて胸が痛んで、何も言えなかったの。

さようなら』

看護師の目を盗みつつ、夜中から明け方までかかって書いた手紙を読み返すと途端に恥ずかしくなった。同情を引こうとしているみたいだし、心底こんなきれいなことを考えているわけでもない。だから細く細く裂いてごみ箱に捨てた。説明とか言い訳はやめよう。人生の最期に、最愛の彼女に、どうしても伝えたい言葉を、ひと言だけ。

夜明けの光が、白いカーテンをさらに真っ白く染め始める。きょう一日、私は生き延びられる？　きいちゃんと泉が暮らす街にも同じ光が届いてる？　私は、幸せだったよ。あなたに会えて、宗清に会えて、宗清と一緒にいられて。

──……ああ、そうだ。

新しい便箋の真ん中にペン先を向ける。これが最初で最後のラブレター。

『きいちゃん、私に宗清をありがとう』

青いインクで、綴った。

本書は、二〇一五年六月にフルール文庫より刊行されました。再文庫化にあたり、本文を大幅に加筆修正したほか、新たに、フルール文庫刊行時に著者ブログに掲載されていた「be with you」と購入者特典として配布されたショートストーリー「ウェルメイドブルー」、書き下ろし掌篇「Dear my her」を収録しました。

青《あお》を抱《だ》く

一穂《いちほ》ミチ

令和5年 8月25日 初版発行
令和6年 11月15日 3版発行

発行者●山下直久

発行●株式会社KADOKAWA
〒102-8177 東京都千代田区富士見2-13-3
電話 0570-002-301(ナビダイヤル)

角川文庫 23766

印刷所●株式会社KADOKAWA
製本所●株式会社KADOKAWA

表紙画●和田三造

ISBN 978-4-04-113676-8 C0193

◆◇◇

角川文庫発刊に際して

角川源義

第二次世界大戦の敗北は、軍事力の敗北であった以上に、私たちの若い文化力の敗退であった。私たちの文化が戦争に対して如何に無力であり、単なるあだ花に過ぎなかったかを、私たちは身を以て体験し痛感した。西洋近代文化の摂取にとって、明治以後八十年の歳月は決して短かすぎたとは言えない。にもかかわらず、近代文化の伝統を確立し、自由な批判と柔軟な良識に富む文化層として自らを形成することに私たちは失敗して来た。そしてこれは、各層への文化の普及滲透を任務とする出版人の責任でもあった。

一九四五年以来、私たちは再び振出しに戻り、第一歩から踏み出すことを余儀なくされた。これは大きな不幸ではあるが、反面、これまでの混沌・未熟・歪曲の中にあった我が国の文化に秩序と確たる基礎を齎らすためには絶好の機会でもある。角川書店は、このような祖国の文化的危機にあたり、微力をも顧みず再建の礎石たるべき抱負と決意とをもって出発したが、ここに創立以来の念願を果すべく角川文庫を発刊する。これまで刊行されたあらゆる全集叢書文庫類の長所と短所とを検討し、古今東西の不朽の典籍を、良心的編集のもとに、廉価に、そして書架にふさわしい美本として、多くのひとびとに提供しようとする。しかし私たちは徒らに百科全書的な知識のジレッタントを作ることを目的とせず、あくまで祖国の文化に秩序と再建への道を示し、この文庫を角川書店の栄ある事業として、今後永久に継続発展せしめ、学芸と教養との殿堂として大成せんことを期したい。多くの読書子の愛情ある忠言と支持とによって、この希望と抱負とを完遂せしめられんことを願う。

一九四九年五月三日

角川文庫ベストセラー